UNGEZÄHMTER BETA

DAS FERAL PACK, BUCH 2

EVE LANGLAIS

Copyright © 2022 Eve Langlais
Englischer Originaltitel: »Beta Untamed (Feral Pack Book 2)«
Deutsche Übersetzung: Noëlle-Sophie Niederberger für Daniela Mansfield Translations 2022

Alle Rechte vorbehalten. Dies ist ein Werk der Fiktion. Namen, Darsteller, Orte und Handlung entspringen entweder der Fantasie der Autorin oder werden fiktiv eingesetzt. Jegliche Ähnlichkeit mit tatsächlichen Vorkommnissen, Schauplätzen oder Personen, lebend oder verstorben, ist rein zufällig.
Dieses Buch darf ohne die ausdrückliche schriftliche Genehmigung der Autorin weder in seiner Gesamtheit noch in Auszügen auf keinerlei Art mithilfe elektronischer oder mechanischer Mittel vervielfältigt oder weitergegeben werden.

Titelbild entworfen von: Yocla Designs © 2019/2020
Herausgegeben von: Eve Langlais www.EveLanglais.com

eBook: ISBN: 978-1-77384-319-3
Taschenbuch: ISBN: 978-1-77384-320-9

Besuchen Sie Eve im Netz!
www.evelanglais.com

PROLOG

Bevor Asher anfing, auf der Ranch zu arbeiten ...

Die Feiglinge griffen Asher an, als er die Arbeit verließ.

Als Barkeeper in der Innenstadt von Edmonton war er immer der Letzte, der ging, da er dafür sorgte, dass alle Mitarbeiterinnen sicher zu ihren Fahrzeugen kamen und losfuhren, bevor er dichtmachte. Weshalb er allein in der Gasse war, als die Bande ihn überfiel.

Da er nach seiner zehnstündigen Schicht müde war, hörte oder roch er ihr Kommen nicht. Man konnte dem Klappern der Lüftungsanlage und dem Gestank der Müllcontainer die Schuld dafür geben.

Als er auf dem Weg zu seinem Motorrad an der Mülltonne vorbeiging, traf ihn aus dem Nichts eine Faust und sein Kopf wurde nach hinten geschleudert.

Bevor er sich erholen konnte, prasselten die Prügel schnell und heftig auf ihn ein. Stiefel in seine Rippen. Schläge in sein Gesicht.

Dinge brachen.

Verfärbten sich.

Bluteten.

Und taten verdammt weh, bis er bewusstlos wurde und im Krankenhaus aufwachte. Zumindest ging er angesichts des Geruchs von Desinfektionsmittel und dem ständigen Piepsen von Maschinen davon aus. Die Schwellung um seine Augen herum bedeutete, dass er sie kaum öffnen konnte. Durch einen winzigen Schlitz bemerkte er eine Infusion an seinem Arm, die ihn mit Flüssigkeit versorgte.

»Asher!« Der Ruf zog seine Aufmerksamkeit auf die linke Seite seines Bettes, wo seine Schwester stand. Ihr Gesicht war angespannt und sie wrang vor Angst die Hände.

»Hey Winnie.« Asher versuchte, für sie zu lächeln, zog aber stattdessen eine Grimasse, als sein geprellter Kiefer protestierte.

»Gott sei Dank bist du wach. Ich werde die Krankenschwester holen.«

»Keine Krankenschwester. Nur du. Bitte.« Er war noch nicht bereit, sich mit jemand anderem auseinanderzusetzen.

Tränen traten ihr in die Augen. »Oh Asher.« Es war nicht das erste Mal, dass sie seinetwegen weinte. Sein hübsches Gesicht und seine lose Zunge bedeuteten, dass er mehr als nur die ein oder andere Prügelei auf sich zog. Außerdem hatte er Spaß daran, den dummen Mist zu tun, der ungestümen jungen Männern gefiel – zum Beispiel von Klippen hinunter ins Wasser zu springen, ohne vorher nach der Tiefe oder möglichen Felsen zu sehen. Einen Teil dieses Sommers hatte er mit Gipsverband verbracht.

Er versuchte, sich hochzudrücken, und verzog das Gesicht, als Schmerz durch ihn hindurchschoss.

Angesichts seiner Miene drückte sie eilig auf einen Knopf, durch den das Bett geneigt wurde und ihm ermöglichte, etwas aufrechter zu sitzen. Er hätte liegen bleiben sollen, nicht dass er das Unwohlsein seiner kleinen Schwester gegenüber erwähnte.

»Es geht mir gut, Winnie. Ich wette, es sieht schlimmer aus, als ich mich fühle.« Eine Lüge. Er fühlte sich mehr als beschissen.

Ihre Unterlippe zitterte. »Weißt du, wer dich angegriffen hat? Die Polizei konnte keine Hinweise finden.«

»Keine Ahnung. Es war dunkel. Ich schätze, ich war damit an der Reihe, überfallen zu werden.« Eine weitere Lüge. Er hatte einen kurzen Blick auf den Anführer bekommen. Rocco Durante. Sohn des Rudelalphas. Ein wahrhaftiges Arschloch und ein Tyrann, wenn er mit seinen beiden engsten Verbündeten Larry und Ben zusammen war.

»Ich war so in Sorge. Das Krankenhauspersonal sagte, du hättest Anzeichen einer Hirnblutung. Sie waren sich nicht sicher, ob du aufwachen oder wieder gesund werden würdest.«

Wäre er ein Mensch, hätte er nicht überlebt. Ein Werwolf hatte eine bessere körperliche Verfassung als die meisten. »Bah. Es ist mehr nötig als ein paar kleine Schubser, um mir wehzutun«, tröstete er sie. Er hasste es, Winnie – die kleine Schwester, die er immer verhätschelt hatte – besorgt zu sehen. »Ich bin überrascht, dass Mom nicht hier ist.« Seit dem Tod seines Vaters, der nun mehr als zehn Jahre zurücklag, neigte Mom dazu, nicht von ihrer Seite zu weichen.

»Sie ist gerade gegangen. Sie war im Krankenhaus, seit sie dich hergebracht haben.«

»Wie lange?« Er fühlte sich steif, und das lag nicht allein an seinen Wunden. Seine Muskeln protestierten gegen sein langes Nickerchen.

»Jemand hat dich gestern Morgen gefunden, und jetzt haben wir späten Nachmittag.«

Er verzog den Mund. Er musste in wirklich schlechter Verfassung gewesen sein, um so lange bewusstlos zu sein. Kein Wunder, dass sie dachten, er würde sich vielleicht nicht erholen.

Winnie sprach weiter. »Mom wird so sauer sein, dass du aufgewacht bist, während sie gegangen ist, um zu duschen und etwas zu essen zu holen.«

»Essen klingt jetzt wirklich gut.« Sein Körper bräuchte einiges an Nahrung, um den Heilungsprozess zu beschleunigen.

Winnies Miene erhellte sich. »Du hast Hunger?

Ich werde deine Krankenschwester wissen lassen, dass sie dir ein Tablett bringen soll. Du solltest außerdem untersucht werden.«

»Keine Krankenschwester. Sie werden mich mit beschissenem Krankenhausessen füttern wollen.« Das hatte er schon mal gehabt. Geschmacklose Brühe. Altes Brot. Ein Becher Milch. »Ich will richtiges Zeug. Ich bin ein wachsender Junge.« Er war sich nicht sicher, ob sein charmantes Lächeln die richtige Wirkung zeigte, da Winnie schwer schluckte und große Tränen zurückblinzelte.

Ihre Worte klangen erstickt, als sie murmelte: »Ich werde ins Café auf der anderen Straßenseite gehen und dir etwas holen.«

Bevor er ihr sagen konnte, sie solle nicht gehen, war sie verschwunden. Offensichtlich hatte sie etwas zu einer Krankenschwester gesagt, da diese mit gemustertem Kittel und dazu passendem Kopftuch hereinkam.

»Sieh einer an, wer wieder im Land der Lebenden ist.« Ihre Begrüßung war geräuschvoll. »Wie fühlen Sie sich?«

Er wollte knurren, dass er lieber tot oder wenigstens noch immer bewusstlos wäre, weil ihm alles wehtat. Aber das war nicht der Asher, den er der Welt zeigte. Er brachte ein blasses Lächeln zustande, das die Krankenschwester nicht in Geschrei versetzte, und sagte: »Nicht gut, aber ich werde überleben. Danke, dass Sie sich um mich gekümmert haben.«

»Bah, das war kein Problem. Sie waren ziemlich ruhig.« Die Schwester schenkte ihm ein Lächeln, als sie ihre Finger auf sein Handgelenk drückte und auf ihre Armbanduhr sah.

Sie plauderten ein wenig, auf die neckische Art, die sie ihm gegenüber erweichte. Asher hatte ein Händchen dafür, andere Leute – insbesondere Frauen – zu beruhigen. Manchmal war es mehr ein Fluch als ein Segen.

Während Schwester Marge, wie ihr Namensschild verriet, ihn untersuchte und seine Vitalwerte überprüfte, wobei sie erklärte, welches Glück er hätte, am Leben zu sein, hielt er seine Antworten vage. Aller Wahrscheinlichkeit nach würde er mit der Polizei reden müssen und er wollte die Geschichte, für die er sich letztendlich entschied, nicht vermasseln. Obwohl er wusste, wer ihn ins Krankenhaus gebracht hatte, konnte er das nicht gerade ausplaudern. Man verpfiff keine anderen Rudelmitglieder. Außerdem hatte Rocco – der Anführer der Schlägerei – Grund dazu, wütend auf Asher zu sein.

Als Marge damit fertig war, seine Vitalwerte zu kontrollieren, erregte ein Geräusch an der Tür seine Aufmerksamkeit.

Eine wunderschöne Frau stand dort. Melinda. Roccos Ex-Verlobte und der Grund für seinen aktuellen Zustand.

Marge musterte Melinda mit gerunzelter Stirn. »Gehören Sie zur Familie?«

»Ich bin eine Freundin«, erklärte Melinda, die plötzlich verlegen war.

»Nur Familie.« Marge bewegte sich in Melindas Richtung, um sie hinauszubegleiten.

»Bitte, Marge, ich würde es wirklich zu schätzen wissen, wenn Sie meine Freundin bleiben ließen.« Asher sprach die Bitte unter Verwendung seiner besten Armer-Junge-Miene und dazugehöriger Stimme aus. Das funktionierte selbst mit ramponiertem Gesicht.

Marge wackelte mit einem Finger. »Nur ein paar Minuten. Der Arzt wird gleich zu Ihnen kommen.«

»Sie sind ein Engel«, verkündete er.

Melinda sagte nichts, bis die Krankenschwester ging, dann kam es in einem leisen Schwall heraus. »Es tut mir leid, Asher. Ich hätte nie erwartet, dass das passiert.«

»Ich habe es irgendwie erwartet. Ich kann es Rocco auch nicht wirklich verübeln. Dein Verlust muss für ihn eine bittere Pille gewesen sein.« Melinda war bis vor Kurzem mit Rocco verlobt gewesen, aber dann hatte sie Asher kennengelernt und es war Liebe auf den ersten Blick gewesen.

Armer Rocco. Er musste am Boden zerstört gewesen sein, als sie die Beziehung beendete. Schade, dass er so schnell von Melinda und Asher erfahren hatte. Sie waren vergangenes Wochenende so diskret gewesen, ihr erstes Mal zusammen. Ein glühend heißer Moment, den er nie vergessen würde.

Er hatte Melinda seit dem letzten Kuss, den er ihr gegeben hatte, nicht mehr gesehen, bevor sie in ihren Wagen stieg und zurück in die Stadt fuhr. Was ihn anging, er hatte eine entspannte Mahlzeit in einem Restaurant vor Ort genossen und dann die landschaftlich schöne Strecke genommen, damit er weitaus später eintraf. Es würde nichts nützen, Rocco ihren neuen Beziehungsstatus unter die Nase zu reiben. Sie konnten eine Weile warten, bevor sie an die Öffentlichkeit gingen.

Asher hatte Melinda eine SMS geschrieben, als er nach Hause kam, da er sie bereits vermisste. Sie antwortete nicht, aber sonntags aß sie für gewöhnlich mit ihrer Familie zu Abend. Am nächsten Tag vor der Arbeit hatte er es erneut versucht. Seltsamerweise hatte sie auch dann nicht geantwortet.

Aber jetzt war sie hier. Seine Gefährtin, die er aufgrund seiner geschwollenen Nase nicht riechen konnte. Er hatte jedoch keinerlei Zweifel, dass sie nach der Leidenschaft, die sie erlebt hatten, seinen Duft trug. Das deutliche Aroma war ein Zeichen einer wahren Beanspruchung, eine seltene Bindung, die entstand, wenn zwei vom Schicksal Bestimmte zum ersten Mal orgastischen Sex hatten.

Er streckte seine Hand nach der ihren aus, aber sie ergriff sie nicht. Stattdessen blieb sie mit fest verschränkten Fingern stehen.

»Geht es dir gut?«, fragte er, da sie aufgebracht

wirkte. »Ich weiß, dass ich gerade ein wenig hässlich aussehe, aber ich werde heilen, versprochen.«

»Ich bin mir sicher, dass du das tun wirst.« Sie blickte über ihre Schulter.

So schön. Seit er Melinda zum ersten Mal gesehen hatte, kochte sein Blut. Sie hatten einander kaum gekannt oder miteinander gesprochen, bevor sie zusammenkamen. Was gab es da zu sagen? Er wusste, wie er empfand, und sie musste es auch fühlen, wenn man bedachte, was sie aufgegeben hatte, um mit ihm zusammen zu sein.

»Ich bin froh, dass du hier bist«, sagte er, wobei er erneut nach ihr griff. »Komm näher. Ich werde nicht beißen.« Als würde er jemals Spuren auf ihrer glatten Haut hinterlassen.

Erneut verblieb sie an Ort und Stelle. »Wir müssen reden. Über Rocco.«

Er versteifte sich. »Was ist mit Rocco? Hat er dich bedroht? Ich werde ihn umbringen, wenn er das getan hat.«

»Nein. Er würde mich niemals anrühren.«

»Was ist dann?«

»Ich habe ihn nicht wirklich abserviert«, platzte sie hervor, bevor sie sich auf die Unterlippe biss.

»Was?« Er musste sie falsch verstanden haben. »Du hast mir gesagt, du hättest es getan.« Er hatte darauf bestanden, dass sie frei war, bevor er sich auf sie einließ. Es war schwer, einer Frau so etwas zu sagen, die seine Charakterstärke in Versuchung führte, indem sie erklärte: »*Ich kann nicht aufhören, an dich zu denken.*«

»Du dachtest doch nicht ernsthaft, ich würde meine Verlobung lösen? Die Hochzeit ist in zwei Wochen.«

»Ich bin verwirrt.« Eigentlich war er das nicht. Er hatte sie klar und deutlich gehört, und was er verstand, ärgerte ihn. »Willst du damit sagen, du hast nie beabsichtigt, Rocco abzuservieren?«

Sie nickte.

»Du hast gesagt, du willst mich. Warum hast du mich angelogen, verdammt noch mal?« Der Kraftausdruck rutschte ihm heraus.

»Ich habe nicht darüber gelogen, dich zu wollen. Nur bei dem Teil, als ich dir sagte, ich würde Rocco abservieren.«

»Warum?«

»Weil du mir keine andere Wahl gelassen hast.«

Er blinzelte. »Die Wahl war, dass du Single sein musst, wenn du mit mir zusammen sein willst. Aber stattdessen hast du dich dazu entschieden, eine unverfrorene Lüge zu erzählen, nur damit ich dich dazu bringe, meinen Namen zu schreien.« Eine geschmacklose Aussage. Der pulsierende Schmerz in seinem Körper machte es ihm schwer, freundlich zu sein.

»Ich weiß, dass es egoistisch war. Ich konnte einfach nicht anders. Ich wollte dich so sehr.«

Die Worte schafften es, ihm zu versichern, dass sein Schwanz noch funktionstüchtig war. Er hatte sie auch sehr gewollt, ansonsten hätte er niemals überhaupt in Erwägung gezogen, mit dem Mädchen eines anderen auszugehen.

Konnte er es ihr wirklich verübeln? Als seine Gefährtin konnte sie die Verbindung zwischen ihnen nicht leugnen. Auch wenn er sich wünschte, sie hätte die Dinge in der richtigen Reihenfolge getan, war der Wolf jetzt wenigstens aus der Falle raus.

»Nun, ich werde nicht behaupten, ich sei glücklich darüber, wie die Dinge gelaufen sind, aber wenigstens weiß Rocco es jetzt und wir können zusammen sein.«

Sie schüttelte den Kopf. »Es tut mir leid, Asher. Du bist ein toller Kerl, sexy und großartig im Bett, aber wir können nicht zusammen sein.«

»Ich verstehe nicht.« Ihre Worte ergaben keinen Sinn. Oder war es das Pochen in seinem Kopf, das ihm das Verständnis erschwerte? »Du hast gesagt, du würdest mich lieben.« Sie hatte es geschrien, während er in sie stieß.

»Ja, aber –«

»Es gibt kein Aber. Entweder liebst du mich oder du tust es nicht. Dazwischen gibt es nichts.« Ein harter Vorwurf. Noch nie zuvor hatte er ihr gegenüber einen so strengen Tonfall angeschlagen.

»Meinetwegen. Ich tue es nicht.«

Die Aussage war wie ein Schlag in die Magengrube. »Was geht hier vor sich?« Hatte die Tracht Prügel seinen Verstand vernebelt? War das irgendeine Art von komatösem Albtraum?

Ihre Miene wurde arrogant. »Was hier vor sich geht, ist, dass du völlig begriffsstutzig bist. Dachtest du wirklich, ich würde Rocco abservieren, den Sohn des Alphas, der eines Tages die Leitung des Rudels erben wird, und das für einen Barkeeper?«

Das spöttische Lächeln verwandelte sie in jemanden, den er nicht erkannte. Die Schönheit, die ihn fasziniert hatte, war offensichtlich nur äußerlich, die Liebe, die er empfunden hatte, war eine Täuschung. »Du hast mich benutzt. Du hattest nie die Absicht, dich von Rocco zu trennen. Aber ich schätze, du hast dir selbst ins Knie geschossen, jetzt, da er herausgefunden hat, dass wir miteinander im Bett waren. Lass mich raten, er hat dich abserviert.«

»Wohl kaum. Das war mein Freischuss.«

»Dein was?«

»Wir hatten beide einen. Ein letztes Hurra vor der Hochzeit.«

»Wenn ihr beide beschlossen habt, einander zu betrügen, warum hat er mir dann die Scheiße aus dem Leib geprügelt?« Und warum konnte er nicht einfach wieder einschlafen? Denn dieser Mist machte seine Schmerzen umso schlimmer.

»Was soll ich sagen? Er ist ein eifersüchtiger Mann. Ich musste ihm versichern, dass er der bessere Liebhaber ist.«

Also das war ein Schlag unter die Gürtellinie. Da die Hitze der Begierde erloschen war, sah er sie an und wollte sich selbst dafür ohrfeigen, so dumm gewesen zu sein. Dann lag die Schuld eben beim Alkohol, dass er sie zuvor nicht klar und deutlich gesehen hatte.

Er konnte den bitteren Tonfall nicht aus seinen Worten heraushalten. »Du bist selbst mittelmäßig.«

Ihre Miene wurde eisig. »Du musst deswegen kein Arsch sein.«

»Ich bin derjenige, der im Krankenhaus liegt, in das dein Verlobter mich befördert hat, weil ihr beide Arschlöcher seid.«

»Wenn du dich so verhalten willst, dann bin ich hier fertig.« Eine empörte Antwort auf ihre eigene Niederträchtigkeit.

Wie konnte sie es wagen, sich in dieser Sache als Opfer darzustellen? Und wie konnte er so verdammt dumm gewesen sein?

»Bis dann, Melinda. Reisende soll man nicht aufhalten.«

Sie war nicht der einzige Besuch, den er an diesem Tag ertrug. Roccos Vater kam als Nächstes, ein grimmiger, aber für gewöhnlich fairer Mann – es sei denn, es ging um seinen Sohn.

In dem Moment, in dem Bruce das Krankenhauszimmer betrat, sagte er: »Du hast mich mit deinen Handlungen in eine peinliche Lage versetzt, Asher.«

Es hätte Asher nicht überraschen sollen, dass er die Schuld bekam. Die Ungerechtigkeit machte ihn ungewöhnlich bissig. »Wie wäre es, wenn wir darüber sprechen, wie dein Sohn und seine feigen Freunde mich überfallen haben? Das war nicht einmal ein annähernd fairer Kampf.« Asher mochte vielleicht im Unrecht sein, aber das entschuldigte nicht Roccos Methoden.

Bruce rieb sich den Kiefer. »Was der Junge getan hat, war nicht richtig. Er und ich werden uns darüber unterhalten, wie man eine richtige Herausforderung durchführt. Aber kannst du es ihm verübeln? Du hast seine Verlobte gevögelt.«

»Nur weil sie mir gesagt hat, sie sei fertig mit Rocco.«

»Das hätte egal sein sollen.« Bruce schlug in die Luft. »Der Männerkodex besagt, dass man nicht die aktuellen oder Ex-Partner seiner Freunde vögelt.«

»Wir sind keine Freunde.« Das waren sie nie gewesen.

»Das ist egal. Ihr gehört zum selben Rudel. Du hättest die Finger von ihr lassen sollen.«

»Ich dachte, sie wäre meine wahre Gefährtin.«

»Ist das die schwachsinnige Ausrede, die du vorbringen willst?«, brüllte Bruce. »Du hast sie verführt.«

»Nein, das habe ich verdammt noch mal nicht getan. Ich habe ihr gesagt, sie soll die Sache mit Rocco beenden, wenn sie mit mir zusammen sein will. Sie kam zu mir und behauptete, es sei zu Ende. Dass sie mich liebt. Wie sich herausstellt, war es irgendeine Art von Abmachung, die sie mit Rocco hatte. Eine letzte Chance, jemand anderen zu vögeln, bevor sie deinen Sohn heiratet.« Er würde nicht lügen, um sie zu beschützen.

»Das ist verdammt noch mal egal. Du hättest nicht einmal mit ihr reden sollen, wenn du wusstest, dass sie zu einem anderen Mann gehört. Und das ist nicht das erste Mal, dass du dabei erwischt wurdest, wie du Leute vögelst, die du nicht vögeln solltest, Asher Donovan.«

Da mochte Bruce nicht ganz unrecht haben. Da war seine Mathelehrerin in der zwölften Klasse gewesen. Absolut einvernehmlich, und er war theoretisch gesehen achtzehn gewesen, als es passierte, und hatte kurz vor dem Abschluss gestanden. Dann war da diese Landschaftsgärtnerei, in der er im darauffolgenden Sommer arbeitete. Der Chef und seine Frau waren zu dieser Zeit eigentlich getrennt gewesen.

Gleichzeitig gab es kein tatsächliches Gesetz, in dem stand, dass ein Mann nicht vögeln konnte, wen auch immer er wollte, ob sich diese Person nun in einer Beziehung befand oder nicht.

»Würdest du dich besser fühlen, wenn ich verspreche, von jetzt an nur noch mit Frauen außerhalb unseres Rudels auszugehen? Zum Teufel, ich verspreche sogar, mich an Menschen zu halten.« So würde er in weniger Schwierigkeiten geraten.

»Das reicht nicht. Ich kann dich nicht mehr hier haben. Du wirst gehen müssen.«

»Warte mal einen verdammten Moment, du verbannst mich?« Erstaunen lag in seiner Frage.

»Du kannst nicht bleiben. Wie soll Rocco erhobenen Hauptes dastehen, wenn der Mann, der ihm

Hörner aufgesetzt hat, immer noch da ist?« Bruce hatte altmodische Ansichten, wenn es um Beziehungen ging.

»Hörst du dir überhaupt selbst zu? Du wirfst mich raus, weil Roccos lügende Verlobte nicht nur ein Stück, sondern den ganzen Kuchen haben wollte.« Er hielt sich zurück, sie auf gemeine Weise zu beschimpfen.

»Meine Entscheidung ist endgültig.« Bruce' verbindlicher Standpunkt dazu. Und absoluter Schwachsinn. Ein klarer Fall eines Vaters, der sein Arschloch von Sohn favorisierte. Keine Überraschung. Bruce mochte ein fairer Alpha sein, wenn es um alle anderen ging, aber er hatte eine Schwachstelle, was Rocco betraf.

Asher wollte sich aus dem Bett stürzen und Bruce zeigen, was er von seinem Erlass hielt. Er schluckte den Zorn herunter. »Wo soll ich hingehen?«

»Das ist dein Problem.«

»Was ist mit meiner Mutter und meiner Schwester?«

»Sie dürfen bleiben.«

Ein kleiner Trost. »Darf ich sie wenigstens besuchen?«

»Nicht, bis du gepaart oder verheiratet bist.«

Mit anderen Worten: niemals.

Es hatte keinen Sinn zu widersprechen, und ehrlich gesagt hatte Asher keinerlei Interesse daran, Rocco und die heuchlerische Melinda zu sehen, also ging er. Seine Mutter und Schwester weinten, aber letzten Endes hatten sie keine Wahl. Er war dreiundzwanzig, ein erwachsener Mann, der sich seinen eigenen Weg in der Welt bahnen konnte.

Er wanderte eine Weile umher, bevor er schließlich im nördlichen Alberta Arbeit fand. Dort traf er auf Amarok, ebenfalls ein Wolf und Ausgestoßener, der einen Blick auf Asher warf und sagte: »Wenn du eine Unterkunft brauchst, wir haben Platz auf der Farm.«

Asher fand ein neues Zuhause. Eine neue Familie. Aber lange zuvor schwor er, sich nie wieder an die Liebe zu verschwenden oder von ihr getäuscht zu werden.

KAPITEL EINS

Jahre später ...

Ein heftiges Klopfen an der Tür erregte Ashers Aufmerksamkeit. Er überlegte, ob er aufmachen sollte, da beim letzten Mal, als eine Fremde geklopft hatte, sein Freund Rok – kurz für Amarok – verpaart wurde. Was, wenn das Öffnen der Tür dem Fangen des Brautstraußes gleichkam?

Stattdessen bediente Asher sich an Poppys unglaublichen Cupcakes. Es war keine Option, bis später zu warten. Selbst zu blinzeln wurde nicht empfohlen, da Poppys Backwaren dafür bekannt waren, einfach zu verschwinden.

»Wirst du aufmachen?«, meckerte Lochlan von seinem Platz am Tisch aus.

»Warum machst du es nicht?«

»Weil ich Leute nicht mag.«

Eine ehrliche Antwort, und das Gegenteil von Asher. »Ich für gewöhnlich schon.« *Klopf, klopf.* »Aber das ist wütendes Klopfen.«

»Jup.«

Außerdem weckte es seine Neugier. Asher ging in den Flur und starrte nervös die Massivholztür an, was ihm gar nicht ähnlich sah.

»Macht diese Tür auf, bevor ich die Polizei rufe!«, brüllte eine Frau. »Meadow! Bist du da drin? Ich bin gekommen, um dich zu retten.«

Er zog die Augenbrauen hoch. Wer auch immer das war, schien mit der neuen Gefährtin ihres Alphas bekannt zu sein. Wer konnte es sein? Denn Meadow hatte keine Schwester.

»Würdest du verdammt noch mal endlich aufmachen?«, rief Lochlan aus der Küche.

Asher öffnete die Tür und sah eine große Brünette mit lodernden grünen Augen.

»Wo ist Meadow?«, fauchte die Fremde ohne jegliche Einleitung.

»Irgendwo hier in der Nähe«, war seine vorsichtige Antwort.

»Bist du Amarok?«

»Wer fragt?«

»Ihre beste Freundin Val, Arschloch. Was hast du mit ihr angestellt?«

Asher betrachtete Val von oben bis unten. Ihren

sich hebenden Busen. Ihre geröteten Wangen. Die Faust, die sie schwang.

Es traf ihn wie ein Blitz. Ein Zusammenziehen seiner Leistengegend. Das Zittern in seiner Seele. Ein Blitz des Wissens, der seine Augen größer werden ließ.

Mein, oh mein.

Oh, oh.

Jetzt verstand er, warum Rok Meadow die Tür vor der Nase zugeschlagen hatte, als sie sich zum ersten Mal trafen. Panik erfüllte ihn. Das konnte nicht sein. Dieser wütende Mensch konnte nicht seine Gefährtin sein. Er war dazu bestimmt, das Leben eines einsamen Junggesellen zu führen.

Und doch stand sie da, ungefähr ein Meter fünfundsiebzig wütende Frau mit schlanker Figur, olivfarbener Haut und einem festen Stoß, als sie sich an ihm vorbeidrängte, um in das Haus zu treten.

Und was tat er, um sie aufzuhalten?

Nichts.

Ein Mann vergriff sich nie an einer Frau. Asher war es egal, wenn die heutige Welt verlangte, dass er sie behandelte, wie er einen Kerl behandeln würde. Er konnte es einfach nicht. Er hielt Frauen die Tür auf. Ließ sie in Warteschlangen vor – was bedeutete, dass er oft doppelt so lange wartete. Er stand, bis sie zuerst saßen. Und er sprach immer respektvoll – zumindest mit Frauen direkt. Mit den Jungs neigte er dazu, in seiner Wortwahl ein wenig lockerer zu sein.

»Meadow!«, schrie Val, als sie das Wohnzimmer betrat.

»Sie ist nicht im Haus«, verkündete Asher, der ihrem ungestümen Pfad folgte. In den Geschichten, die er von Meadow über sie gehört hatte, war nichts von ihren Aggressionsproblemen erwähnt worden.

»Wo ist sie dann?«, fauchte Val, als sie herumwirbelte.

»Vermutlich spielt sie wieder mit ihrem Bieber, Ma'am.« Das sagte er mit ausdrucksloser Miene.

Die Frau starrte ihn eine Minute lang an. Es war nicht die mögliche Anspielung, auf die sie reagierte, sondern der letzte Teil. »Ich bin zu jung, um eine Ma'am zu sein, Arschloch.«

Das vulgäre Wort ließ seine Mundwinkel zucken. »Wie soll ich dich dann nennen? So wie ich höre, sind Liebling, Herzchen, Süße und Babe von der Liste gestrichen.«

»Mein Name ist Valencia Berlusconi, Schwachkopf.«

»Die berühmte Val«, sagte er nickend. »Meadow hat dich erwähnt.«

»Hat sie erwähnt, dass ich den schwarzen Gürtel habe? Also versuch es bei mir bloß nicht mit irgendwelchen Kultspielchen, sonst lege ich dich um«, drohte sie.

»Kultspielchen?« Er konnte sich den fragenden Tonfall nicht verkneifen.

»Wie sonst ließe sich erklären, dass meine beste Freundin für ein paar Wochen verreist und plötzlich entscheidet, dass sie nicht mehr nach Hause kommt, weil sie irgendeinen Hinterwäldler heiratet?«

»Das ist nicht schwer zu erklären. Sie hat sich verliebt.«

Val prustete. »Das ist Begierde, keine Liebe, weshalb ich auch hier bin.«

»Oh, es ist sehr wohl Liebe.« Für einen Menschen mochte es vielleicht zu schnell und unmöglich wirken, aber für die Werwölfe, zu denen Amarok und Asher gehörten? Sie konnten in ihrem Leben viele lieben, aber es gab immer nur einen wahren Gefährten, und sobald sie sich trafen, konnten sie es nicht ertragen, voneinander getrennt zu sein.

Bitte lass mich mit ihr falschliegen. Valencia schien nicht der Typ zu sein, der einen Mann Zeit allein mit seinem Spielesystem, einem Headset, einem Kasten Bier und Salzgebäck genießen ließ.

Valencia zog die Oberlippe zurück. »Liebe. Ha!«

»Da stimme ich zu. Leider sind sie anderer Meinung.«

»Das werde ich in Ordnung bringen«, drohte sie.

»Planst du, die Hochzeit zu stürmen?«, fragte er.

»Wohl eher, sie zu stoppen, bevor sie stattfindet.« Der Wirbelwind ging vom Wohnzimmer ins Esszimmer, wo sie angesichts des riesigen Tisches und der Bänke auf jeder Seite kurz innehielt. »Wie viele Leute leben in eurer Kommune?«

»Dreizehn, jetzt, da Meadow hier ist. Bald vierzehn, sobald Astra ihr Baby bekommen hat.«

»Wessen Baby ist es?«, fragte sie recht vorwurfsvoll.

»Es ist Bellamys – das ist ihr Ehemann –, also mach dir nicht ins Höschen, Prinzessin.«

»Wer sagt, dass ich ein Höschen anhabe?«

»Sieh einer an, wir haben etwas gemeinsam«, antwortete er.

Sie sah ihn an, dann nach unten. Er reagierte, denn hallo, er war ein verdammter Mann. Es half, dass sie heiß war, vermutlich seine Gefährtin und dass er mehr Spaß hatte als erwartet. Aber gleichzeitig erinnerte er sich an das letzte Mal, als er sich überstürzt in eine Frau verliebt hatte. Es hatte ihn sein Zuhause und seine Familie gekostet. Ersteres hatte er seit seinem Weggehen nicht mehr gesehen. Was Letzteres anging, so waren Telefonate und Nachrichten einfach nicht dasselbe, wie seine Mutter und Schwester persönlich sehen zu können.

Vals Lippen verzogen sich zu einem sündhaften Lächeln der Warnung, bevor sie sagte: »Ich hoffe, er bleibt dir im Reißverschluss hängen.«

Er verzog das Gesicht. »Das ist einfach nur grausam, Prinzessin.«

»Wasch dir die Ohren aus, Blödmann. Mein Name ist Valencia«, war ihre Erwiderung, als sie die Küche betrat, in der sich weder Lochlan noch die Cupcakes befanden. Mistkerl!

Anstatt zu fliehen, folgte Asher ihr. »Valencia. Klingt italienisch.«

»Sehr. Und bevor du fragst, nein, meine Familie gehört nicht zur Mafia. Aber«, sie schenkte ihm ein weiteres boshaftes Lächeln, »ich habe Beziehungen, also mach mich nicht wütend.«

»Warte, das hier ist nicht wütend?«, fragte er. Angesichts ihrer bisherigen Randale war er aufrichtig neugierig.

Ihr Lächeln war viel zu süß, als sie sagte: »Ich zeige nur liebevolle Sorge um meine Freundin.«

»Eine Freundin, die unten am Damm ist. Ich kann dir den Weg zeigen, wenn du willst.«

»Wie weit ist es? Ich bin nicht wirklich dafür angezogen, durch den Dreck zu marschieren.« Sie blickte auf ihre modischen Stiefeletten mit den niedrigen Absätzen herab, die ihn dazu führten, einen Blick auf ihre langen, schlanken Beine in engen Jeans zu werfen. Die Bluse aus weißem Leinenstoff war in ihre Hose gesteckt, darüber trug sie eine mit Fell gefütterte Weste. Sehr attraktiv und äußerst unpraktisch.

Und möglicherweise ohne Slip, was er als interessant empfand, da er die Umrisse eines BHs erkennen konnte. Wer trug einen einengenden BH, aber keine Unterhose?

»Hör auf zu starren«, forderte sie, als sie an ihm vorbeistapfte, um auf die Veranda zurückzukehren.

Es ließ sich nur schwer leugnen, wenn man bedachte, dass er seit ihrer Ankunft nichts anderes getan hatte, als sie anzusehen. Er sollte die Flucht ergreifen, solange er noch konnte.

Er schloss sich ihr draußen an.

Valencia stand da, die Hände in die Hüften gestemmt und einen finsteren Blick auf den Wald gerichtet. Wenn sie es hätte tun können, hätte sie ihn für bessere Sicht niedergemäht, dessen war er sich sicher.

»Entspann dich, Prinzessin. Meadow sollte bald zurück sein. Kann ich dir etwas zu trinken anbieten?«, fragte er.

»Als wäre ich so dumm. Habt ihr sie so reingelegt? Hat dein Freund ihr Drogen reingemischt, um sie denken zu lassen, sie sei verliebt?«

Er lehnte sich mit verschränkten Armen an die Hauswand und erwiderte: »Warum bist du überzeugt, dass sie sich nicht lieben? Ich weiß, dass du mit ihr gesprochen hast.«

»Meadow mag vielleicht naiv sein, aber sie handelt nicht unüberlegt. Das ist die Frau, die ein Jahr lang die Preise für ihr Auto verglichen hat, bevor sie es gekauft hat.«

Da Asher diesem Menschen nicht gerade von der Gefährtenbindung erzählen konnte, musste er sich auf etwas verlassen, das sie vielleicht glauben würde. »Es war Liebe auf den ersten Blick.«

Sie prustete. »Wie gesagt, ich bin nicht dumm. Ich bin mir bewusst, dass dieser Amarok-Betrüger sie bei ihrer ersten Begegnung gehasst hat. Ich habe alles darüber gehört.«

»Du weißt, was man über Liebe und Hass sagt.«

»Erzähl mir nicht diesen Mist.«
»Meinetwegen, dann ist es Schicksal.«
»Einen Teufel ist es.«

Er zog eine Augenbraue hoch. »Du glaubst nicht an vom Schicksal bestimmte Partner?«

»Nein«, schnaubte sie.

Lustig, er hätte schwören können, dass sie log.

KAPITEL ZWEI

Valencia log den gut aussehenden Mann, der mit ihr über die Liebe sprach, geradeheraus an.

Warum einen Fremden anlügen? Zum einen, weil er sie von dem Moment an, in dem er die Tür öffnete, verunsichert hatte – ein blonder Adonis mit entspanntem Lächeln und neckischer Art, der angesichts ihrer Anschuldigungen nicht den Kopf einzog. Die sofortige Anziehung hatte sie dazu gebracht, ihn nicht zu mögen.

Val wusste es besser, als auf ein hübsches Gesicht oder flirtende Worte hereinzufallen. Diesen Fehler hatte sie auf dem College gemacht. Sie war auf den Schwachsinn hereingefallen und hatte gedacht, sie sei verliebt.

Falsch. Gerry nahm nicht nur ihr Sparschwein, ihren Vorrat an Junkfood und ihr Auto, sondern auch ihren letzten Funken Vertrauen in Männer.

Begierde war keine Liebe, und Begierde hatte ein Ablaufdatum, weshalb sie hergeeilt war, als Meadow ihr erzählte, sie würde einen Fremden heiraten. Einen Mann, den Meadow kaum kannte und innerhalb eines Monats nach ihrem Kennenlernen zu ehelichen beabsichtigte.

Val hatte erwartet, dass Meadows Eltern ihrer Meinung sein würden, dass ihre Tochter die Dinge überstürzte, aber Mr. und Mrs. Fields waren begeistert, dass ihre Tochter jemanden gefunden hatte – besonders da sie besorgt waren, sie könnte einsam sein, da sie näher an die Küste gezogen waren. Es lag an Val, sicherzugehen, dass ihre beste Freundin seit dem Kindergarten keinen Fehler machte, und jetzt schien es, als müsse Val auf sich selbst aufpassen, um nicht in dieselbe Falle zu tappen.

»Wie heißt du?«, fragte sie den heißen Blondie, in der Hoffnung auf etwas, das sie nicht mögen konnte.

»Asher Donovan, zu deinen Diensten.« Er zog einen imaginären Hut. In einem breitkrempigen Cowboyhut sähe er fantastisch aus. Er würde zu dem karierten Hemd, das sich über breite Schultern zog, und den tief sitzenden, hüftumschließenden Jeans passen.

»Du arbeitest und lebst hier?«

»Jup.« Er zeigte auf ein kleines Gebäude mit weißer Vinylverkleidung, einer Tür und einem einzigen großen Fenster. »Das ist mein Zuhause.«

»Das ist ein Schuppen.«

Seine Lippen zuckten. »Es ist ein wenig mehr als das. Vollständig isoliert und mit Holzofen, Badezimmer und einem riesigen Bett.«

Das musste er natürlich erwähnen. »Ich schätze, es ist perfekt für einen Kindskopf, der den Keller seiner Mutter verlassen musste, aber keinen richtigen Ort zum Wohnen finden konnte.«

Jemand anderes wäre vielleicht beleidigt gewesen. Er lachte und feuerte sofort zurück. »Lass mich raten, du hast eine schicke Wohnung mit klaren, modernen Linien, einer Gourmetküche und einem begehbaren Kleiderschrank für all deine Schuhe.«

Diesmal grinste sie. »Versuch es mit einem renovierten viktorianischen Haus mit Holzverkleidung in jedem Zimmer und einer Küche im Farmhaus-Stil.«

»Ah, diese Art von Prinzessin bist du also.«

»Was soll das denn heißen?«

Anstatt zu antworten, zeigte er auf etwas. »Sie sind fast hier.«

Ein Blick in den Wald offenbarte, dass Meadow endlich zurückkehrte. Wenigstens sah es nach Meadow aus. Val blinzelte, und doch strahlte ihre Freundin weiterhin, von ihren funkelnden Augen bis hin zu dem breiten Lächeln, das auf den Mann an ihrer Seite gerichtet war, der ihre Hand hielt. Ein gut aussehender Kerl, größer und muskulöser als die Typen, mit denen Meadow für gewöhnlich ausging. Eher Vals Stil. Sie konnte den Reiz erkennen.

Als Amaroks Blick den ihren traf, versteifte sie

sich. Denn auch wenn er einen sanften Blick für Meadow übrighatte, war er für Val eiskalt.

Sie konnte fast die Warnung darin sehen. *Nimm mir meine Meadow nicht weg.* Er machte es deutlich, dass ihm Vals Anwesenheit nicht gefiel.

Meadow allerdings war begeistert. »Val! Oh mein Gott. Was tust du hier?« Das Kreischen entwich ihr, als Meadow für eine Umarmung loslief.

Val kam ihr auf halber Strecke entgegen und umarmte ihre beste Freundin fest. Obwohl sie eine große Familie hatte, mochte Val nur wenige Menschen auf der Welt. Noch weniger von ihnen liebte sie.

»Ich kann nicht glauben, dass du hier rausgefahren bist«, plapperte Meadow.

»Was sonst hast du erwartet, als du verkündet hast, du würdest in zwei Wochen heiraten?« Zwei Wochen. Dieser Amarok hatte es wirklich eilig, den Bund der Ehe zu schließen. Warum? Auf dem Papier schien er gut gestellt zu sein, besonders verglichen mit Meadow. Warum also die Eile?

»Ich weiß, es ist verrückt, aber sobald du Rok kennenlernst, wirst du es verstehen. Er ist mein perfekter Gefährte.« Meadow strahlte in seine Richtung, als er nahe genug kam, um Val ein freundliches Nicken zu schenken, das im Widerspruch zu seinem ursprünglichen funkelnden Blick stand.

»Du musst Valencia sein. Ich habe viel über dich gehört. Amarok Fleetfoot.« Er streckte seine Hand aus.

Val testete die Festigkeit seines Griffs. »Nenn mich

Val. Immerhin heiratest du meine beste Freundin, was bedeutet, dass wir viel Zeit miteinander verbringen werden.«

»Wie lange kannst du bleiben?«, fragte Meadow. Sie hatte die Hände vor sich verschränkt und hüpfte auf den Fußballen auf und ab.

»Ich habe mir die nächsten zwei Wochen freigenommen, damit ich für dich da sein kann.«

Es war Asher, der sagte: »Also, Prinzessin, sei nicht schüchtern. Erzähl ihr den richtigen Grund, warum du hier bist. Dass du denkst, wir seien irgendeine Art von Hippie-Kommune, die Meadow mit Drogen versorgt hat, damit sie denkt, sie will den mürrischen Rok heiraten. Als gäbe es eine Droge, die stark genug ist, um das zu bewirken.« Asher blickte zu Val und zuckte die Achseln. »Um ehrlich zu sein, versteht auch keiner von uns die Anziehung.«

»Asher! Du bist so ein Schlingel.« Meadow kicherte und lächelte dann zu Amarok auf. »Er ist perfekt.«

»Würg.« Val und Asher sprachen es gleichzeitig aus, bevor sie einander ansahen. Ein widerwilliges Lächeln umspielte ihre Lippen.

»Da stimme ich zu. Doe braucht vielleicht eine Brille«, erklärte Rok, was er jedoch mit einer Sanftheit tat, die nicht zu seinem Aussehen passte.

»Also, jetzt, da ich hier bin, warum zeigst du mir nicht, was du bisher geplant hast?«, fragte Val, da sie ihre beste Freundin wenigstens lange genug von Rok trennen wollte, um festzustellen, ob sie tatsächlich drogenfrei war. Sie hatte Meadow noch nie so glücklich gesehen.

»Oh ja, ich könnte deine Ideen gebrauchen. Nova, Poppy und Astra haben mir geholfen, aber sie haben nie meine Mappe gesehen.«

Ah ja, ihre Hochzeitsmappe mit Ausschnitten von Kleidern und Frisuren. Bereits in jungem Alter hatten sie ihren perfekten Tag geplant. Meadow verbrannte aus Solidarität mit Val auch die ihre an dem Tag, als Val die Liebe aufgab. »Hast du ihnen von den Hundesmokings erzählt, die wir geplant hatten?«

»Den was?«, hustete Asher.

Meadow lachte. »Damals war ich von Bichons besessen, und ich hatte einen gesehen, den man für eine Hochzeit schick gemacht hatte, mit Fliege und allem Drum und Dran.«

Roks Gesicht nahm einen seltsamen Ausdruck an. »Ich muss nach den Alpakas sehen.«

Daraufhin lachte Asher. »Kannst du dir vorstellen, sie mit Krawatten bei der Zeremonie zu haben?«

»Spucken die nicht?« Valencia runzelte die Stirn.

»Alpakas nicht«, knurrte Rok, als er davonstapfte. »Asher! Komm.«

»Wuff.« Der heiße Blondie zwinkerte ihr zu, bevor er loslief, um sich seinem Freund anzuschließen, womit Valencia allein mit Meadow zurückblieb.

»Hast du schon jemanden kennengelernt?«, fragte Meadow, die hineinging.

Val schüttelte den Kopf, während sie ihr folgte. »Nur den Schönling.«

Meadow blickte stirnrunzelnd über ihre Schulter. »Du findest ihn attraktiv?«

»Natürlich. Hast du ihn gesehen?«

»Er ist süß, schätze ich. Wegen Rok habe ich es nie wirklich bemerkt, denn er ist einfach ... mmm ...« Meadow summte und Val zog die Augenbrauen hoch.

»Du magst ihn wirklich, nicht wahr?«

»Es ist mehr als das, Val. Wie ich dir am Telefon gesagt habe, ihn zu finden hat einen fehlenden Teil von mir ausgefüllt, von dem ich nicht wusste, dass ich ihn brauche.«

»Was cool ist, aber ich muss zugeben, dass ich ein wenig besorgt darüber bin, wie schnell du bei der Sache vorgehst. Ich meine, Ehe? Warum nicht erst eine Weile miteinander ausgehen?«

»Ich weiß, dass es verrückt scheint«, Meadow drehte sich um und verschränkte die Hände vor sich, »aber ich schwöre, ich weiß, was ich tue. Das ist, was ich will.«

Val konnte diesen strahlenden Ausdruck nicht zerstören, also nickte sie. »Okay. Aber sei dir bewusst, dass ich seine Füße einzementieren und ihn in den See fallen lassen werde, wenn er dir auch nur ein Haar auf deinem Kopf krümmt.«

Daraufhin lachte Meadow. »Du bist so dramatisch.«

Es war jedoch ihr voller Ernst. Wenn jemand ihrer besten Freundin wehtat, die für sie wie eine Schwester war, würde Val sogar eine Gefängnisstrafe in Kauf nehmen, um Rache zu bekommen.

KAPITEL DREI

Asher stand mit Rok draussen, während die Frauen hineingingen.

»Hast du alle gewarnt, dass wir einen Menschen auf dem Grundstück haben?«, fragte Rok leise.

»Sie ist gerade erst angekommen. Aber ich schätze, das sollte ich tun, denn es klingt nicht, als würde sie vor der Hochzeit wieder verschwinden.«

»Meadow hat mich gewarnt, dass ihre Freundin früher eintreffen könnte.«

»Val scheint nicht allzu glücklich darüber zu sein, dass ihre beste Freundin heiratet«, merkte Asher an.

Daraufhin zuckte Rok die Achseln. »Ich kann nicht behaupten, dass ich es ihr übel nehme. Von außen sieht es aus, als würden wir die Dinge überstürzen.«

»Stimmt. Es ist nicht so, als könnten wir die Gefährtenbindung erklären.« Dieses Gefühl, die richtige Person zu treffen und zu wissen, dass sie die eigene Zukunft ist.

Wie die Frau im Haus.

Vielleicht irrte Asher sich mit Val. Dennoch fragte er: »Wann wusstest du mit Sicherheit, dass Meadow deine Gefährtin ist?«

»Das wusste ich immer. Das Problem war meine Sturheit dabei, es zu akzeptieren.«

»Warst du nicht besorgt, dass sie es nicht tun würde? Das Gefühl ist für Menschen nicht dasselbe.«

»Nein, aber gleichzeitig ist da etwas. Nenn es ein Bewusstsein oder einen gewissen Grad von Verbindung. Es ist sie, die so mit mir im Einklang ist, dass sie weiß, wann sie rauskommen soll, um mich nach einem Arbeitstag zu begrüßen.« Rok sah ihn an. »Warum die Fragen?«

»Nichts. Nur neugierig.« Er hätte es besser wissen sollen, als etwas vor seinem Alpha zu verstecken.

»Was ist passiert? Hast du jemanden getroffen?«

»Nur unseren neuen Gast.«

Er sagte nichts weiter, was auch Rok einen Moment lang nicht tat, bevor er leise lachte. »Du armer Mistkerl.«

»Was soll das denn heißen?«

»Nur dass es irgendwie lustig ist, dass du Mr. Ich-werde-mich-mit-niemandem-häuslich-niederlassen bist, und doch bist du dazu bestimmt, mit einer Frau zusammen zu sein, die dich auf Trab halten wird.«

»Das ist noch nicht passiert.«

»Das wird es.« Roks nachdrückliche Versicherung.

»Sei dir da nicht so sicher. Ich habe nicht den Eindruck, dass sie mich mag. Oder dich. Oder die Natur, was das betrifft.« Auch wenn ihr großer Geländewagen für draußen geeignet war, war er brandneu und wie er wetten würde, innen mit allerhand Funktionen ausgestattet.

»Willst du etwas noch viel Lustigeres hören? Doe sagt, dass Val Hunde hasst. Leidenschaftlich. Sie behauptet, sie seien stinkende, widerliche Bestien.«

Asher starrte ihn an. Dann das Haus. Er schüttelte den Kopf. »Natürlich tut sie das. Was bedeutet, was auch immer ich fühle, ist vermutlich nicht der Gefährteninstinkt.«

»Sehnst du dich danach zu wissen, was sie drin tut?«

»Nein.« Lüge.

»Wolltest du sie in dem Moment küssen, in dem du sie sahst?«

»Ich wollte und habe viele Frauen geküsst, die ich gesehen und als attraktiv empfunden habe.«

»Aber keine davon hat dich je dazu veranlasst, mich nach der Gefährtenbindung zu fragen. Du kannst dagegen ankämpfen, Ash, aber letzten Endes wirst du nicht anders können.«

»Ich bin zu jung für den Mühlstein am Hals«, stöhnte er.

»Du bist über dreißig.«

»Genau. Sieh dir Lochlan an. Vierzig und noch immer Single.«

»Lochlan ist ein unglücklicher Mistkerl. Ist es das, was du willst?«

»Wenn ich gepaart sein muss, warum kann es dann nicht mit jemandem sein, der so fröhlich und süß ist wie Meadow?«

»Weil du innerhalb einer Sekunde gelangweilt wärst.«

»Du bist nicht gelangweilt.«

»Das liegt daran, dass ich die Art Kerl bin, die nichts gegen Kuscheln und das Ansehen eines Filmes hat.«

»Ich mag Filme«, protestierte Asher.

»Wann hast du es das letzte Mal geschafft, dir einen ganzen am Stück anzusehen?«

»Letzen Samstag.«

»Du hast während mehr als der Hälfte geschlafen.«

»Zählt trotzdem.«

»Du bist ein Idiot. Diskutiere ruhig weiter. Ich werde lachen, wenn du dich verliebst.«

»Nicht witzig. Ich dachte, ich sei deine rechte Hand.« Ihm war der Titel des Rudel-Betas verliehen worden. Darian war der andere Beta und Roks linke Hand. Damals war Asher sprachlos gewesen. Die Ehre hatte es ihm unmöglich gemacht, etwas Entsprechendes zu erwidern.

»Du bist meine rechte Hand, aber auch mein

Freund. Und als dein Freund werde ich sagen: Idiot!« Rok schlug ihm fest auf den Rücken und schlenderte zurück ins Haus, wobei er immer noch lachte, während Asher ihn anfunkelte.

Nicht lange. Vielleicht lag Rok falsch. Es konnte sein, dass Asher sich irrte.

Aber nur für den Fall, dass es nicht so war, ging er im Wald laufen, um den Kopf freizubekommen, nur um sich einem anderen Problem gegenüber wiederzufinden.

Ein Mann fiel von einem Ast über ihm. Er war ganz in Schwarz gekleidet, sein Haar war feuerrot und seine Züge scharf. Er roch nach nichts, als trüge er einen Nicht-Duft. Beunruhigend, aber da der Mann nicht angriff, entschied Asher sich für lässig. »Hey Kumpel. Hast du dich verlaufen?«

»Asher Donovan. Ehemaliges Mitglied des Festivus Packs aus Edmonton.«

»Wer bist du?«

Das brachte ihm eine hochgezogene Augenbraue ein. »Ich sehe, Mr. Fleetfoot hat es geschafft, den Mund zu halten. Ich bin Kit.«

»Kit wer?«

»Einfach nur Kit. Epsilon für das Lykosium.«

»Meinst du nicht Spion?« Das Lykosium war die geheimnisvolle Gruppe, welche die Rudel unter Kontrolle hielt und dafür sorgte, dass ihre Gesetze aufrechterhalten wurden.

»Wie wäre es mit einer Person, mit der Sie sich nicht anlegen sollten?« Es klang ausdruckslos.

»Warum bist du hier? Was willst du?«

»Was können Sie mir über das Festivus Pack erzählen?«

»Nicht viel, da ich schon seit langer Zeit nicht mehr dazugehöre.« Er plante, es so zu belassen.

»Warum sind Sie gegangen?«

»Warum will das Lykosium das wissen? Es ist zehn Jahre her.«

»Beantworten Sie die Frage.«

»Ich bin gegangen, weil ich eine Affäre mit der zukünftigen Schwiegertochter des Alphas hatte.« Es hatte keinen Sinn, es zu leugnen.

»Sie sprechen von Rocco Durante, Sohn von Bruce Durante?«

»Ja.«

»Krankenhausaufzeichnungen zeigen, dass Sie vor ungefähr zehn Jahren aufgrund einer heftigen Prügelattacke eingewiesen wurden.«

»Spät nachts können die Straßen hart sein.«

Die Richtung der Fragen änderte sich abrupt. »Sind Sie sich bewusst, ob Rocco oder sein Vater kriminellen Aktivitäten frönt?«

»Nein.«

»Sind Sie sich sicher?«

»Worum geht es hier? Warum kommst du zu mir? Warum redest du nicht mit jemandem im Rudel?«

»Weil wir unsicher sind, wem wir vertrauen können.«

Die schonungslose Wahrheit verblüffte Asher einen Moment lang. »Du erzählst mir das, weil ...«

»Weil das Lykosium mich damit beauftragt hat herauszufinden, ob aktuell im Festivus Pack etwas Widriges vor sich geht.«

»Ich verstehe immer noch nicht, wie ich helfen soll.«

»Indem Sie für einen Besuch zurückkehren und sehen, was Sie aufdecken können.«

Sein Gelächter war schallend. »Du hast den falschen Kerl gewählt. Ich bin dort nicht willkommen.«

»Ihre Familie ist noch immer in diesem Rudel. Das gibt Ihnen Grund dazu.«

»Nicht ohne Ehefrau. Das ist die Bedingung für meine Rückkehr. Ohne eine solche hätte Bruce das Recht, mich streng bestrafen zu lassen.«

»Schade.« Kit wirkte verärgert. »Ich schätze, ich werde jemand anderen suchen müssen. Vielleicht eine der Frauen.« Kits Miene wurde durchtrieben. »Sie haben eine Schwester, nicht wahr?«

Ashers Blut gefror in seinen Adern. »Lass sie da raus. Sie hat gerade ein Baby bekommen.« Praktisch vor ein paar Tagen. Sie hatte ihn per Video angerufen, während sie seine Nichte Bella in den Armen hielt. Asher hatte den größten Stoffwolf, den er finden konnte, zu Winnies Haus liefern lassen.

»Ich habe nicht viele Optionen, Mr. Donovan.

Aber ich bin ein netter Kerl. Ich werde Ihnen ein oder zwei Tage geben, um darüber nachzudenken.«

»Oder was?«

Das mysteriöse Lächeln half nicht im Geringsten. »Ich schätze, das werden Sie bald herausfinden. Oh, und erzählen Sie niemandem von meinem Besuch.«

Ein Geräusch hinter ihm veranlasste ihn dazu herumzuwirbeln, um nur für eine Sekunde hinzusehen. Als er sich wieder umdrehte, war der seltsame Mann verschwunden, aber seine Drohung blieb. Als müsste Asher nicht bereits über genügend anderes nachdenken.

Dieser Kit musste wahnsinnig sein, dass er ihn um Hilfe bat. Aber wie schlimm war es um sein altes Rudel bestellt, dass man ihn angesprochen hatte? Noch wichtiger, waren seine Mutter und seine Schwester in Gefahr?

Asher lief zurück zur Farm, wobei er ordentlich ins Schwitzen geriet. Eine Dusche erfrischte ihn, dann zog er sich für das Abendessen mit dem Rudel an – und Val. Eine Frau, die zu vergessen er seit seinem Treffen mit Kit geschafft hatte.

Eine Frau, die in dem Moment in all seine Sinne eindrang, als er das Haupthaus betrat und sie roch. Es beschleunigte seinen Schritt sowie seinen Puls.

Aber freute sie sich, ihn zu sehen?

Ohne sich überhaupt umzudrehen, murmelte sie: »Na toll. Du bist zurück.«

KAPITEL VIER

Val verbrachte den Nachmittag damit, abwechselnd Meadow bei ihren Hochzeitsplänen zu helfen und nach Ashers Rückkehr Ausschau zu halten. Warum sie das tat, hätte sie nicht sagen können.

Sie achtete kaum auf Rok, als dieser das Haus betrat. Während des Nachmittags lernte sie die restlichen Bewohner der Kommune kennen. Endlich konnte sie den Namen, mit denen Meadow sie bombardiert hatte, Gesichter zuordnen.

Nova, mit ihrem Piercing und dem kurzen Haar, betrachtete Val von oben bis unten und fragte: »Hetero?«

»Ja«, erwiderte Val.

Das Bedauern in Novas Antwort war deutlich zu hören. »Wie schade.«

Da Val nie um Worte verlegen war, konnte sie

nicht umhin zu sagen: »Wenn ich es nicht wäre, wärst du mein Typ.«

Nova lachte, und das war es.

Sie traf Poppy, die ein wenig schüchterner war als Nova und die Verantwortung für das Kochen hatte, was sie auf beeindruckende und köstliche Weise tat.

»Diese heiße Schokolade ist ein Orgasmus in der Tasse«, verkündete Val nach einem befriedigenden Schluck.

Poppy errötete, aber die hochschwangere Astra, die neben ihr saß, stimmte ihr zu. »Wenn du das für gut hältst, dann warte nur, bis du ihren Mürbeteigkuchen mit Karamellfüllung hattest.«

»Davon mache ich Törtchenversionen für den Hochzeitsempfang«, erklärte Poppy.

»Zusammen mit ihrer Fleischpastete. Es ist das Köstlichste, was ich je hatte.« Meadow schwärmte von dem Menü, das sie geplant hatten. Obwohl Val sich über die Entscheidung wundern musste, eine Fleischpastete als Hauptgericht zu servieren. Es war besser die besondere Art mit richtigen Fleischstücken und Kartoffeln, und nicht die mit einfachem Rinderhack.

Val lernte den mürrischen Lochlan kennen, der ein Grunzen hervorbrachte, bevor er praktisch die Flucht ergriff.

Hammer, der so schonungslos wirkte wie sein Name.

Reece und Gary waren ein süßes Pärchen, genau wie Astra und Bellamy.

Nicht die Kommune, die Val erwartet hatte. Auch wenn Val es nur ungern zugab, hasste sie bisher niemanden, den sie getroffen hatte. Aber ihr Urteil über Rok hielt sie zurück – den Mann, der ihre beste Freundin behandelte, als wäre sie das Wertvollste auf der Welt.

Der Kerl stahl Val die beste Freundin. Es wäre schwer, zusammen zu Abend zu essen und einen Film anzusehen, wenn Meadow irgendwo in der tiefsten Provinz lebte.

Zum Abendessen versammelten sie sich alle an dem riesigen Tisch, wobei Asher weiter entfernt von Val saß – nicht dass es sie davon abhielt, sich seiner Anwesenheit bewusst zu sein. Jedes Mal wenn er lachte, erschauderte sie. Die Klangfarbe seiner Stimme kribbelte.

Sie tat ihr Bestes, sich mit den anderen zu unterhalten, konnte aber nicht umhin, den ein oder anderen heimlichen Blick auf ihn zu werfen. Jedes Mal wurde sie erwischt, als würde er sie auch beobachten.

Nach dem Essen gingen die meisten in ihre Zimmer oder sahen nach den Tieren. Astra, Bellamy und Nova luden zu einem Film ein. Meadow und Rok hatten ein Videotelefonat mit ihren Eltern geplant, womit Val entweder das fünfte Rad am Wagen in dieser Unterhaltung sein oder sich selbst bespaßen konnte.

»Ich werde einen Spaziergang machen«, verkündete sie.

»Ich gehe mit dir«, bot Asher an. »Ich werde dich vor den Wildtieren beschützen.«

»Ich komme schon klar. Meadow hat mir ihre Sicherheitsglocke geliehen.« Sie klingelte damit, woraufhin Asher die Kinnlade herunterfiel. Val hielt ihr amüsiertes Kichern zurück.

»Äh, ich sage das nur ungern, Prinzessin, aber die wird keinen Wolf aufhalten.«

Sie griff in ihre Handtasche und zog eine kleine Pistole hervor. »Die hier schon.«

Der Ausdruck auf seinem Gesicht?

Bewunderung. »Na, verdammt. Schön zu sehen, dass du nicht nur gut aussiehst, Prinzessin.«

»Das ist alles, was du zu sagen hast?«, fragte sie, als sie sie in ihren Hosenbund steckte.

»Nun, ich könnte ein Arsch sein und sagen, die einzige Waffe, mit der du spielen solltest, ist die in meiner Hose. Aber offensichtlich magst du etwas mit kleinerem Griff.« Er zwinkerte, als er ihr die Außentür aufhielt.

Punkt für den Hinterwäldler. Er hatte es geschafft, sie zu übertrumpfen. Jetzt würde sie zurückschlagen müssen.

Sie trat hinaus und zitterte in ihrer Weste. Die Temperaturen waren seit dem Nachmittag stark gesunken. »Wie kann es bereits so verdammt kalt sein?«

»Der Herbst im Norden ist anders als in der Stadt. Du wirst etwas Wärmeres brauchen«, erklärte er, ging hinein und kehrte mit einer karierten Jacke zurück, die der seinen ähnelte.

Sie rümpfte die Nase. »Ich glaube nicht.«

»Wie du willst.« Er hängte sie über das Geländer und kam die Stufen hinunter.

Val, die ihre Entscheidung zu einem Spaziergang bereits bereute, folgte ihm. Sie würde nicht zugeben, dass sie es sich anders überlegt hatte. Besonders da er dachte, er hätte die Oberhand.

Als sie den unbefestigten Weg erreichten, der in den Wald führte, erkannte sie schnell, dass ihre Stiefeletten mit Absatz nicht für dieses Gelände gemacht waren. Hocherhobenen Hauptes hielt sie stumm mit ihm Schritt.

Ungefähr dreißig Sekunden lang. »Liegt es nur an mir oder sammelt Amarok Streuner?«

»Katzen sind gut, um die Schädlinge in Schach zu halten.«

»Ha, ha. Witziger Kerl. Du weißt, dass ich Leute meinte. Ihr seid ein Mischmasch aus Gestalten von überall her.«

»Jup.«

»Wie seid ihr alle hier gelandet?« Denn diese Farm war wortwörtlich am Ende einer schwer zu findenden Straße.

»Durch Glück. Für mich war es der richtige Ort zur richtigen Zeit. Ich habe Rok kennengelernt, als ich keine Arbeit hatte. Zufällig hat er noch zwei zusätzliche Hände gebraucht.«

»Und dir gefällt es hier draußen?« Sie umarmte ihren Körper, wobei sie ihr Bestes tat, um die kühle Abendluft abzuhalten, und sich wünschte, sie hätte die Jacke angenommen.

»Ich liebe es. Es ist friedlich und wunderschön.« Er neigte den Kopf nach hinten und sie tat es ihm gleich, um einen Himmel voller Sterne zu sehen.

»Hübsch, aber ich bin mir nicht sicher, ob die Ruhe in der hintersten Provinz die Fahrt zum Einkaufen wert ist.«

Er lachte. »Es ist ein kleiner Marsch.«

»Klein? Es ist eine Stunde nur zu dieser winzigen Stadt.«

»Bist du ein Stadtmädchen?«

»Eher Vorstadt, da ich ein wenig Abstand zwischen den Häusern mag.«

»Was machst du beruflich?«

»Büroleitung.«

»Angesichts deines fahrbaren Untersatzes muss es für eine gute Firma sein.«

»Ich habe ein gutes Angebot bekommen. Ich habe einen Onkel, der Autos verkauft. Was fährst du?«

»Kommt auf das Wetter an. Motorrad, wenn es schön ist. Wenn nicht, leihe ich mir Big Betty aus.«

Sie zog die Oberlippe hoch. »Das muss der Spritfresser sein, den Meadow erwähnt hat.«

»Sie versucht, Rok dazu zu überreden, Big Betty gegen ein Hybridfahrzeug einzutauschen.«

Val prustete. »Den Mist hat sie auch bei mir versucht.«

»Du hast offensichtlich nicht nachgegeben, aber Rok vielleicht schon. Er ist bis über beide Ohren in sie verliebt.«

Das hätte beim Abendessen nicht offensichtlicher sein können. »Ja, ist mir aufgefallen.«

»Aber du bist damit nicht einverstanden.«

Sie wirbelte zu ihm herum. »Meadow ist meine beste Freundin, was bedeutet, dass ich unterstützen werde, was auch immer sie will, aber ich will verdammt sein, wenn ich nicht sichergehe, dass er gut genug für sie ist.«

»Verständlich. Was ist mit dir?«

»Was ist mit mir?«

»Single? Verheiratet?«, fragte er schnell hintereinander.

»Nicht auf der Suche.«

»Ich auch nicht.« Das verursachte Stille, bevor er sagte: »Ich habe gehört, du hasst Hunde.«

»Scheiße ja, das tue ich. Stinkende Viecher. Als Kind hat mich einer gebissen. Ich habe noch immer die Narbe an der Wade.« Ihr Blick wurde finster.

»Das ist beschissen, aber du weißt, dass die meisten von ihnen ziemlich anständig sind?«

»Das weiß ich und es ist mir egal. Ich werde niemals einen Hund haben. Auch wenn ich nichts gegen Katzen habe.«

»Hochnäsige Dinger, wenn du mich fragst.«

»Ich habe nicht gefragt.«

Er lachte. »Du bist sehr direkt.«

»Wenn du meinst, dass ich mir keinen Mist gefallen lasse, dann liegst du richtig. Ehrlichkeit ist bei allen Dingen die beste Strategie.«

»Nun, wenn das so ist, sollte ich erwähnen, dass ich dich von dem Moment an, in dem ich dich zum ersten Mal getroffen habe, bis zur Besinnungslosigkeit küssen wollte.«

KAPITEL FÜNF

Er erstarrte und wartete auf Vals Antwort, während er sich innerlich schalt.

Warum hatte er das gesagt?

Zum Teufel, warum hatte er sich ihr bei diesem Spaziergang angeschlossen?

Er wusste warum. Er hatte sich zusammenreißen müssen, um sich beim Abendessen von ihr fernzuhalten. Jetzt waren sie allein, und je mehr Zeit er mit ihr verbrachte, desto schwieriger wurde es, sich auf etwas anderes als sie zu konzentrieren.

Mein.

Verdammt.

Mein.

Doppeltes Verdammt.

Obwohl es draußen dunkel war, konnte er dennoch ihr Gesicht sehen, den nachdenklichen

Ausdruck, der darüber huschte, dann die sinnlichere Sanftheit.

»Was hält dich davon ab, mich zu küssen?«, fragte sie.

»Die Angst, geohrfeigt zu werden.« Er hielt sich an die Halbwahrheit. Was, wenn ein einziger Kuss zu mehr führte?

»Eigentlich stehe ich eher auf einen Tritt zwischen die Eier. Tut mehr weh.«

Seine Hoden zogen sich vor Angst zusammen, aber das hielt ihn nicht davon ab näherzutreten. »Wirst du versuchen, mich zum Krüppel zu machen, wenn ich dich küsse?« Ein Kuss würde ihm mit Sicherheit sagen, ob sie seine Gefährtin war. Vielleicht war er einfach zu lange ohne Partnerin gewesen. Jedenfalls konnte er nicht dem Alkohol die Schuld an dem innerlichen Kribbeln geben. Seit seiner Zeit mit Melinda war er nüchtern geblieben.

»Das hängt davon ab, ob du ein guter Küsser bist oder nicht.«

»Na, scheiße. So macht man jemandem Leistungsangst«, neckte er.

»Mache ich dich nervös?« Sie zog eine Augenbraue hoch.

Er konnte sich ein schiefes Grinsen nicht verkneifen. »Scheiße ja, das tust du. Ich meine, wir werden uns für den Rest unseres Lebens an diesen ersten Kuss erinnern.«

Gelächter brach aus ihr heraus, laut und schallend. »Als würden du und ich zusammenkommen.«

»Warum ist das so lustig?« Ausnahmsweise einmal sprach er recht ernst.

»Erstens«, sie hob einen Finger, »bin ich nicht daran interessiert, mit jemandem sesshaft zu werden. Zweitens, wenn ich mit jemandem sesshaft werden würde, dann mit einem Kerl, der einer geregelten Arbeit in der Stadt nachgeht. Denn drittens, dieses Mädchen wird nicht in der hintersten Provinz leben.«

»Das sagst du, und doch hast du dem Ganzen nicht einmal eine Chance gegeben.«

»Das muss ich nicht, weil ich kein Mädchen bin, das mit der Natur im Einklang ist.«

Mit jedem Wort zeigte sie, wie falsch sie für Asher war.

Mit jedem Wort wuchs sein Verlangen nach ihr nur weiter an.

»Vielleicht könntest du das mit dem richtigen Kerl sein.«

Sie rümpfte die Nase. »Warum sollte ich etwas ändern? Ich bin glücklich, wo ich bin.«

»Selbst wenn Meadow hierbleibt?«

»Es gibt immer Videoanrufe, und auch wenn die Fahrt ein wenig lang ist, ist sie machbar. Auch wenn ich vielleicht überlege, einen Helikopter zu mieten, um die Reise zu verkürzen. Ich habe eine Tante, die eine Flotte besitzt.«

»Was, wenn du dich in einen Hinterwäldler verliebst?«, fragte er, wobei er nähertrat.

Val musste nicht den Kopf neigen, um seinen Blick zu erwidern. »Das wird nicht passieren.«

»Bist du dir sicher? Denn sobald ich dich küsse, gibt es kein Zurück mehr«, warnte er. Dieser Kuss wäre für sie beide vielleicht der Anfang vom Ende. Auch wenn für eine wahre Beanspruchung Sex notwendig wäre, wäre die Berührung ihrer Lippen das Streichholz, das alles entzündete.

Erneut erfüllte ihr Gelächter die Luft. »Funktioniert dieser Satz wirklich bei den Mädchen?« Obwohl sie ihn verspottete, packte sie Asher und flüsterte gegen seinen Mund: »Lass uns sehen, ob du so gut bist, wie du denkst.«

Ihre Lippen trafen sich, ein festes Drücken, das sie erschütterte. Sein Atem stockte, genau wie der ihre. Sie küssten sich, ein leidenschaftliches Verschmelzen von Atem und Lippen, Hitze und Verlangen.

Sie klammerten und wanderten mit ihren Händen, während sie sich umarmten. Erkundeten. Lernten. Neckten. Es wäre vielleicht weiter gegangen, wenn nicht eine Eule gerufen hätte.

»*Huh.*«

Sie erstarrte und drückte sich mit aufgerissenen Augen von ihm weg. »Wer war das?«

»Eine Eule. Wir sind allein.« Außer Sichtweite von jedem, der vielleicht gesehen haben könnte, wie er dem Wahnsinn verfiel. Moment, *waren* sie allein? Er erinnerte sich an den Mann, den er an diesem Tag getroffen hatte. Den Lykosium-Spion. Versteckte er sich im Schatten und sah zu?

»Es ist kalt hier draußen. Und dunkel.« Sie wirbelte herum und begann, in diesen Stiefeletten – die um seinen Hals gewickelt fantastisch aussähen – zurück zum Haus zu stapfen.

Er holte sie gerade rechtzeitig ein, um sie zu retten, als ihr Knöchel umknickte und sie beinahe zu Boden fiel. »Hab dich.« Er nahm sie in die Arme. Sie passte hinein, als gehörte sie dorthin, auch wenn ihr finsterer Blick etwas anderes behauptete.

»Jemand sollte etwas gegen die Furchen auf diesem Weg unternehmen«, grummelte sie.

»Oder du könntest etwas tragen, das für diese Gegebenheiten etwas angemessener ist.«

Sie presste die Lippen zu einer Linie zusammen. »Ist das dein Hinterwäldlerkult-Hinweis, dass ich das Heimchen am Herd spielen sollte?«

Er starrte sie an, überwiegend weil ihm der Gedanke nie gekommen war, aber jetzt, da sie es erwähnt hatte, wurde er daran erinnert, dass eine Verpaarung für gewöhnlich Welpen bedeutete. Aber sie hasste Hunde. Außerdem war er nicht als Vater geeignet. Es würde seine Videospielzeit kürzen, von der er angesichts seiner Pflichten auf der Farm ohnehin schon nicht viel hatte. Er arbeitete praktisch sieben Tage die Woche zu wechselnden Tageszeiten.

»Sprachlos, weil ich recht habe?«, spottete sie.

»Wohl eher schockiert, dass du denkst, ich würde in der Nähe eines schreienden Babys sein wollen. Ich stehe nicht auf Kinder.« Er sagte es, glaubte es, musste sich jedoch fragen, ob seine Entscheidung sich mehr darum drehte, bisher nicht die richtige Frau getroffen zu haben, die sie austrug.

»Ich bin auch nicht der Mami-Typ. Genauso wenig will ich einen Ehemann, der denkt, er könnte mir sagen, was ich zu tun habe.«

»Die Ehe wird überbewertet.« Da waren sie sich einig.

Lag er falsch damit, dass Val seine Gefährtin war? Je mehr sie redeten, desto unwahrscheinlicher schien es, dass sie zusammengehörten.

Sie verließen den Wald und Val wand sich. »Lass mich runter. Ich kann gehen.«

Asher setzte sie auf die Füße.

Val warf ihr Haar zurück. »Danke für die Hilfe. Ich schätze, ich sollte herausfinden, wo mein Zimmer ist.«

Ah ja, der andere Grund, warum er sich ihrem Spaziergang angeschlossen hatte. Rok hatte ihn vor dem Abendessen in die Ecke gedrängt, um ihn um einen Gefallen zu bitten.

»Apropos Zimmer ... Das Haus ist irgendwie voll, es sei denn, du willst in einem Kinderbett schlafen. Rok spricht davon, noch einen Flügel anzubauen und vielleicht noch eine größere Hütte oder zwei. Aber das braucht Zeit.«

Val erstarrte und sah ihn über ihre Schulter hinweg an, wobei ihr Gesicht von der Verandabeleuchtung erhellt wurde. »Lass mich raten. Ich bekomme eine ausgesessene Couch.«

»Eigentlich, Prinzessin, angesichts der Länge deines Aufenthalts, darfst du in Maison Asher wohnen.«

»Dein Schuppen?«

»Hütte ist der richtige Begriff. Die Modischen nennen es Tiny House.«

»Winzig.« Sie rümpfte die Nase.

»Es ist entweder das oder die Couch. Such es dir aus, Prinzessin.«

»Du hast besser saubere Bettwäsche.«

»Und eine Erbse unter der Matratze, um deinen königlichen Status zu testen«, spottete er.

Sie zog eine Augenbraue hoch. »Sorg dafür, dass es auch frische Handtücher gibt.« Dann, mit einer hochmütigen Bewegung ihres Kopfes, stolzierte sie ins Haus und ließ ihn mit dem Drang zurück, ihr hinterherzulaufen.

Nein.

Das würde nicht passieren.

Genauso wenig würde er versuchen, sie zu überreden, mit ihm ins Bett zu gehen.

Aber vielleicht müsste ihn jemand an einen Baum ketten, um dafür zu sorgen, dass er nicht seinen eigenen Schwur brach.

KAPITEL SECHS

Val suchte nach einem Spiegel, um den Zustand ihrer Lippen zu kontrollieren. Kein Lippenstift, um den sie sich Sorgen machen musste, aber das im Wald war eine heftige Umarmung gewesen. Die Art, die den Mund rosig und geschwollen machte.

Wie war das passiert?

Sie hatte beabsichtigt, Asher einen kurzen Kuss zu geben und ihm dann eine Abfuhr zu erteilen. Sie hatte sich vorgestellt, ein Hinterwäldler wie er wäre schlecht darin und ihre Libido würde sich endlich beruhigen.

Stattdessen hätte sie ihm beinahe für Sex im Freien die Kleider vom Leib gerissen, was sie noch nie getan hatte und nie tun würde. Sie zog ein Bett vor. Wenn nicht dieser wild klingende Vogel gewesen wäre, hätte sie diese Vorliebe vermutlich ignoriert.

Es erstaunte sie, dass sie Asher weggestoßen hatte und er das Thema nicht weiterverfolgte. Kochte sein

Blut nicht vor Hitze? Als er ihr mitgeteilt hatte, dass sie bei ihm wohnte, hatte sie ihn fast gefragt, ob er mit dazugehörte.

Es wäre schlecht, mit ihm zu schlafen. Sie war gerade erst angekommen. Sie konnte es sich nicht leisten, ihn zu früh zu vögeln, denn dann müsste sie mit ihm auskommen, bis die Hochzeit vorbei war. Zwei Wochen lang mit einem Kerl so tun, als wäre nichts passiert? Kaum zu schaffen. Wie sollte sie dann seinem Reiz widerstehen?

Sie ignorierte das Dröhnen des Fernsehers und ging in die Küche. Poppy saß mit offenem Laptop an der Theke.

»Lernst du?«, fragte Val, als ihr das College-Logo auffiel.

»Ja.« Poppy klappte das Gerät zu. »Ich weiß, dass ich ein wenig zu alt dafür bin.«

»Du bist jünger als ich.« Das Mädchen war laut Meadow Mitte zwanzig.

»Ich wollte immer aufs College gehen, aber ... das Leben kam mir in die Quere.«

»Was studierst du?« Val ging in der Hoffnung auf Wein zum Kühlschrank. Sie hatte den untersetzten Kerl mit dem stumpfen Namen – Chisel oder Hammer oder so – darum gebeten, den Karton reinzutragen, den sie aus der Stadt mitgebracht hatte. Als könnte sie es zwei Tage, geschweige denn zwei Wochen ohne einen netten Rotwein aushalten.

Die Flasche im Kühlschrank war verkorkt, womit

sich das Dilemma offenbarte, wie sie sie öffnen sollte. »Bitte sag mir, dass es einen Flaschenöffner gibt.«

Poppy rettete sie. »Zweite Schublade neben dem Herd.«

»Gläser?«, fragte Valencia, als sie sich mit dem Hilfsmittel und der Flasche umdrehte.

»Neben dem Spülbecken. Aber keins für mich.«

»Bist du nicht volljährig?«

»Doch, mein Desinteresse rührt daher, dass Wein eklig ist.«

Knall. Valencia entkorkte die Flasche, bevor sie sie abstellte, um Gläser zu holen. »Das liegt daran, dass du noch nicht den richtigen Wein hattest. Dieser Jahrgang ist eine besondere Mischung von meiner Tante Maria.« Sie kehrte mit zwei Gläsern zurück und goss in beide ein wenig ein.

Val ließ ihn kreisen und roch daran. »Das ist richtiger Wein.«

Trotz ihrer skeptischen Miene hob Poppy ihr Glas und tat es ihr gleich.

»Auf die Hochzeit meiner besten Freundin.« Sie streckte ihr Glas aus und Poppy stieß an.

Val wusste, was sie geschmacklich zu erwarten hatte, genoss aber die Überraschung auf Poppys Gesicht.

»Das ist nett. Ich verspüre nicht den Drang, ihn auszuspucken.«

Das entlockte ihr Gelächter. »Guter Wein sollte deinen Mund liebkosen wie ein Liebhaber.«

Das ließ das Mädchen erröten. »Das kann ich nicht beurteilen.«

Eine Jungfrau umgeben von attraktiven Männern? Da das Mädchen gelegentlich auch zusammenzuckte und hektisch starrte, als hätte sie Angst, erwischt zu werden, vermutete Val ein Trauma. Es ärgerte sie. Wer würde diesem süßen Ding wehtun?

»Dann ist es an der Zeit, dass du es herausfindest.« Val goss noch etwas mehr in jedes Glas.

Irgendwann schlossen Nova und Meadow sich ihnen an, zusammen mit Astra, die Wasser trank. Ein paar Stunden und mehrere geleerte Flaschen später machten sich einige beschwipste Frauen auf den Weg, um ihre Betten zu finden. Darian kümmerte sich um seine Schwester. Nova konnte noch immer geradeaus gehen und Val zuzwinkern. Rok trug Meadow, während Astra das übrig gebliebene Popcorn mit ins Bett nahm.

Was Val anging? Ihr Wegweiser erschien aus dem Nichts, um zu sagen: »Folge mir, meine beschwipste Prinzessin.«

»Fick dich. Nicht betrunken«, lallte sie.

Sie schaffte es zur Haustür, wo sie ihre Stiefeletten musterte, die auf der Matte standen. Es würde keinen Spaß machen, darin zu gehen. Sie streckte die Arme aus. »Trag mich.«

»Erteilst du jetzt schon Erlasse?«, fragte Asher, während er sie in seine starken Arme nahm. Es strengte ihn überhaupt nicht an, als er sie aus dem Haus die Treppe hinunter transportierte.

»Wenn du mich Prinzessin nennst, dann werde ich mich wie eine verhalten.«

»Solange du nicht schreist ›Ab mit seinem Kopf‹.«

Sie kicherte. »Der ist zu hübsch, um ihn abzuschneiden.« Sie schlug sich die Hand über ihren betrunkenen Mund.

Seine Brust vibrierte vor Lachen. »Du bist selbst auch ganz süß.«

»Ha«, prustete sie. »Wir wissen beide, dass ich umwerfend bin.«

»Und eingebildet«, fügte er hinzu. »Aber um fair zu sein, das bin ich auch.«

»Wir sind beide zu hübsch.« Sie seufzte.

»Welch Elend«, stimmte er zu.

Er blieb stehen und fummelte an der Tür herum, bevor er sie in seine Männerhütte brachte. Die, um fair zu sein, mehr wie eine Junggesellenwohnung wirkte. Eine süße. Es gab einen Kanonenofen an einer Wand und ein riesiges Bett an der gegenüberliegenden, darauf eine der dicksten Decken, die sie je gesehen hatte, bezogen mit Bettwäsche mit einem sehr schicken roten Karomuster. Es passte gut zu den Holzakzenten. Was jedoch den mit einem Vorhang abgegrenzten Bereich für seine Toilette anging? Das bereitete ihr gewisse Sorge.

Konnte sie um drei Uhr morgens mit einer kotzenden Frau umgehen?

Er legte sie vorsichtig auf das Bett, wo die Decke zurückgezogen war, bevor er es ihr gemütlich machte. Es roch wie Bettwäsche, die draußen getrocknet wurde. Sie musste es wissen, da sie ihre früher so oft wie möglich dort aufgehängt hatte, um Geld zu sparen.

»Mmm.« Sie vergrub ihr Gesicht im Kissen.

»Du willst dich vielleicht ausziehen?«, schlug er vor.

»Zieh mich aus«, verlangte sie, während sie sich auf den Rücken drehte und die Arme ausbreitete.

»Nein. Ich weiß es besser, als einer betrunkenen Frau zu gehorchen.«

»Nicht betrunken.«

»Oh doch, das bist du, was bedeutet, dass du mich anflehen könntest und ich trotzdem gehen würde.«

»Ich könnte dich zum Bleiben bewegen.« Sie packte ihre Bluse und zerrte. Knöpfe platzten ab, während seine Augen groß wurden.

Er zog sich zurück. »Gute Nacht, Prinzessin.«

Sie hätte ihn vielleicht zurückgerufen, aber sie schlief ein.

KAPITEL SIEBEN

Vergiss *gehen*, Asher lief regelrecht davon. Val stellte sich als eine Versuchung heraus, die seine Kontrolle strapazierte. Aber er würde niemals eine Frau ausnutzen, die sich unter dem Einfluss irgendwelcher Mittel befand.

Er sprintete zum Haus und hatte ein äußerst beschissene Nacht auf der Couch, bis er sich um drei Uhr nachts draußen in die Hängematte legte. Die große Decke, die er mitgeschleppt hatte, hielt ihn warm, bis dieser früh aufstehende Mistkerl Bellamy vorbeiging und die Hängematte in Bewegung versetzte.

Asher knallte dumpf gegen die Veranda. »Ich hasse dich.« Eine Lüge. Diese Leute waren seine Familie. Brüder. Schwestern. Was bedeutete, dass sie einander ständig auf die Nerven gingen.

Er würde es Bellamy später heimzahlen. Das war

vermutlich Vergeltung für den leeren Popcornbecher, den er in Bellamys Kleiderschrank versteckt hatte. Alle wussten, dass die hochschwangere Astra ihre gepoppten Maiskörner am liebsten am nächsten Tag mochte. Aber Asher hatte Hunger, also aß er es und schob die Schuld dann jemand anderem in die Schuhe.

Bellamy konnte damit umgehen. Astra war immerhin seine Frau. Asher hingegen wollte Astra nicht wütend machen. Was, wenn sie Wehen bekam? Oder ihm sagte, er dürfe sich nicht Onkel nennen?

Da Asher nicht mehr schlafen würde, stand er auf und streckte sich, wobei er verstohlen auf seine Hütte blickte. Val war noch nicht herausgekommen.

Lochlan trat aus der seinen heraus und schlenderte durch den Garten.

Asher sprang die Stufen hinunter, um ihm entgegenzukommen. »Macht es dir was aus, wenn ich deine Dusche benutze?«

»Weil deine ...«

»Von unserem Gast benutzt wird.«

Lochlan grunzte. »Bring dein eigenes Handtuch und Seife mit.«

Asher brachte auch seine eigene Kleidung mit, nachdem er sie aus dem sauberen Stapel im Waschraum gegraben hatte. Geduscht und angezogen fühlte er sich fast bereit, um sich der Welt zu stellen. Nach dem Frühstück würde er sie erobern. Er betrat das Farmhaus und ging zur Küche. Beim Betreten sah er den perfektesten Hintern der Welt in der Luft. Er hob die Hand, um ihn zu schlagen.

Val musterte ihn zwischen ihren Beinen hindurch. »Denk nicht einmal dran, Cowboy.«

»Du kannst mich nicht davon abhalten, es zu denken.«

»Schlag ihn und stirb«, warnte sie, wobei sie das Haargummi aufhob, das sie hatte fallen lassen.

»Schlag meinen und ich werde das haben, was die Franzosen *le petit mort* nennen.«

Val schoss in eine aufrechte Position. Ihr Haar war wie ein Vorhang, der flog und sich um sie herum legte, was ihr ein Aussehen verlieh, als wäre sie aus dem Bett gefallen. Sie nahm ihr zerzaustes Haar und zog es sich mit einer schnellen Drehung ihres Haargummis aus dem Gesicht.

»Wie hast du geschlafen?«, fragte er.

»Passabel.«

»Warst du einsam?« Er konnte nicht anders, als sie aufzuziehen.

»Ich habe ein Heilmittel für Einsamkeit. Es nennt sich meine Hand.« Sie zwinkerte.

Er konnte nicht umhin, ihr näher zu kommen. »Ich könnte es besser machen.«

»Welch Selbstvertrauen. Bist du dir wirklich so sicher? Die meisten Männer denken, sie wüssten, was einer Frau gefällt. Aber rate mal? Ich muss es mir oft selbst machen.«

»Weil du noch nicht mit dem richtigen Mann zusammen warst.«

»Willst du sagen, dass du das bist?«

»Ich garantiere Lust.«

Sie stellte sich auf die Zehenspitzen, sodass ihre nächsten Worte seinen Mund streiften. »Ich bin für heute versorgt.«

Er stöhnte. »Du bringst mich hier um, Prinzessin.«

»Stirb nicht, bis ich weg bin. Ich bin nicht in der Stimmung, noch eine Leiche loszuwerden.« Ihre Abschiedsworte, als sie ihn in Richtung des Esszimmers verließ.

Er starrte. Noch eine Leiche? Konnte sie noch sexyer werden?

Er wurde von ihr angezogen und betrat das Esszimmer beinahe auf ihren Fersen. Sie hatten es für sich allein.

Poppy hatte ein Buffet angerichtet: Pfannkuchen, Würstchen, Speck, Rührei und Obst, zusammen mit Kaffee und Saft.

»Kartoffelpuffer. Fantastisch, die mag ich am liebsten.« Val nahm zwei, zusammen mit etwas Obst und Speck.

Sie setzte sich auf die Bank und er nahm den Platz ihr gegenüber ein. Da sie entschlossen schien, ihn zu ignorieren, machte er es unmöglich.

»Wie war deine Nacht?«, fragte er.

»Ausgezeichnet. Dein Bett ist sehr bequem. Obwohl du vielleicht die Bettwäsche wechseln musst, wenn ich gehe. Sie ist vielleicht ein bisschen feucht geworden.« Eine geschnurrte Antwort, die ihn hart werden ließ.

Hoffentlich bemerkte sie nicht seinen plötzlichen Drang, daran zu riechen wie ein Perverser. Verdammt. Was war los mit ihm? Er musste sich unter Kontrolle bringen.

»Apropos feucht, hat dir der abnehmbare Duschkopf gefallen? Er hat verschiedene Einstellungen.«

Diesmal fiel ihr die Kinnlade herunter, bevor sie sich fing. »Ich werde es dich wissen lassen, sobald ich es ausprobiert habe.«

Er könnte sterben. Er aß eine Minute lang und konzentrierte sich auf den Biss und Geschmack seiner Mahlzeit.

Währenddessen erschien Nova, zusammen mit Hammer. Die allgemeine Unterhaltung erlaubte ihm, sich hinter dem gelegentlichen Seitenhieb gegen Hammer zu verstecken.

Meadows Auftreten mit geröteten Wangen und Roks Selbstzufriedenheit bedeuteten weiteres Chaos. Sobald Asher konnte, ergriff er die Flucht, unter dem Vorwand, in die Stadt zu fahren, um Vorräte zu kaufen. Nicht ganz gelogen, es war nur nicht so dringend. Er nahm sich Zeit und kaufte ein wenig ein. Aß zu Mittag. Er hielt sogar beim Postamt an und nahm die Post mit, während er dort war. Auf dem Heimweg geriet er in Schwierigkeiten.

Er hatte sich Roks Big Betty geliehen, die hustete,

rauchte und ungefähr zwanzig Kilometer von zu Hause entfernt den Geist aufgab. Verdammt. Er würde zu Fuß gehen müssen, denn wenn ein Mensch auf dem Grundstück war, konnte er es nicht auf vier Beinen tun.

Es sei denn, er konnte sich eine Mitfahrgelegenheit besorgen. Sein Handy kooperierte nicht. Der Empfang hier draußen, selbst mit Satellit, konnte launisch sein. Er stieg aus dem Pick-up und stellte sich auf die Motorhaube, wobei er sein Handy in die Luft hielt, in der Hoffnung, dass seine SMS an Rok ankommen würde.

Ping.

Er nahm sein Handy wieder herunter und grunzte über die angekommene Nachricht sowie die Antwort, die aus einem Daumen hoch bestand. Rok würde jemanden schicken, der ihn abholte.

Er parkte seinen Hintern auf der Motorhaube, ließ die Beine baumeln und wartete. Er hätte stöhnen können, als er sah, wer geschickt worden war.

»Du?«

Val zog eine Augenbraue hoch, als sie vom Fahrersitz ihres Geländewagens sprang. »Tut mir leid, hättest du einen Proleten mit Bierbauch bevorzugt, der dir zu viel fürs Abschleppen berechnen will?«

»Wie sollen du und dein Spielzeug helfen?«

»Zum einen hat mein Grand Cherokee einen 5.7 Hemi-Motor. Er kann über drei Tonnen ziehen.«

Er pfiff. »Okay, das ist beeindruckend. Aber warum brauchst du so viel Kraft?«

»Für mein Boot.«

Er blinzelte. »Dein Boot. Du meinst wie ein Kajak oder so?« War das nicht das, was Stadtfrauen mochten?

»Es ist ein fünf Meter langes Motorsportboot. Fantastisch für den Fluss oder See.«

»Warte. Du fährst ein richtiges Boot. Zum Spaß?«

Sie rollte mit den Augen. »Warum sonst?«

»Das scheint dir einfach nicht ähnlichzusehen. Ich dachte, du hasst die Natur.«

»Ich hasse die Provinz. Gib mir ein Luxus-Chalet in Banff mit Whirlpool und Steinkamin und ich bin im Paradies.«

»Aber du magst die Natur nicht.«

»Es ist nicht mein Ding, in ihrer Nähe zu sein. Sie mit anzusehen? Völlig anders. Ich liebe eine abgeschirmte Veranda oder ein schönes großes Fenster mit Aussicht.«

»So nutzt man die Natur eigentlich nicht.«

»Du vielleicht nicht, ich schon. Also, bist du jetzt fertig damit, meine Urlaubsentscheidungen infrage zu stellen? Hängen wir dich dran. Und mit *wir* meine ich dich. Diese Fingernägel erledigen keine Handarbeit.«

Und schon wurde sie wieder zur Prinzessin. Eine heiße, die er gleich herumkommandieren würde.

»Stell deinen Geländewagen so, dass das Heck

nahe an Bettys Front ist. Hat Rok dir wenigstens die Abschleppstange gegeben?«

»Das dreckige Ding im Kofferraum? Ich habe sie zuerst eine Abdeckplane reinlegen lassen.«

Asher nahm sie und hakte sie ein, bevor er die Winde hinlegte, die die Stange senkte, um sie an der Vorderachse des Pick-ups zu befestigen. Das Kurbeln an einem knarrenden Griff hob ihn vom Boden. Er nahm den Gang aus dem Pick-up, bevor er auf ihren Beifahrersitz stieg.

Die beheizbare Polsterung war nett, aber er war mehr davon abgelenkt, von ihrem Duft umgeben zu sein. Vielleicht war es zu viel, als dass er damit umgehen konnte. Er fuhr sein Fenster herunter.

»Heiß hier drin«, murmelte er.

»Nur wenn du ein Eisbär bist.«

Er reagierte gereizt. »Als wäre ich etwas so Räudiges.«

»Entschuldige. Was bist du dann? Ein kratzbürstiges Stachelschwein?«

Er hätte fast Wolf gesagt. Er entschied sich, auf Nummer sicher zu gehen. »Ist es für dich in Ordnung zu fahren? Es kann kniffelig sein, wenn man etwas schleppt.«

»Bist du senil? Ich habe dir gerade gesagt, dass ich mit meinem Lastwagen regelmäßig ein Boot ziehe.«

»Dies ist kein Lastwagen.«

»Wortspielerei. Und ja, ich komme klar. Mein Großvater hat mich, als ich das College besuchte, während des Sommers immer eine Abschlepproute fahren lassen.« Sie trat aufs Gas und brachte sie in Bewegung.

»Hast du Familienmitglieder in jedem Berufszweig?« Denn sie hatte bereits mehr als ein paar erwähnt.

»Ja.«

»Praktisch.«

»Nervig. Wenn ich etwas brauche und es nicht mit ihnen abwickle, können sie so wütend werden. Aber gleichzeitig bin ich nicht glücklich damit, dass meine Tante in Toronto und mein Onkel in Frederickville von mir erwarten, sie zu benutzen, mir aber kein Familienangebot machen.«

»Mistkerle.«

»Nicht wahr?« Zu seiner Überraschung sah sie ihn an und fragte: »Hast du Familie?«

»Alle auf der Farm.«

»Ich meinte Blutsverwandtschaft.«

»Meine Mutter und eine Schwester. Aber ich habe sie seit einer Weile nicht mehr besucht.«

»Warum nicht?«

»Lange Fahrt.«

»Das ist nicht der ganze Grund«, mutmaßte sie.

»Weil es für sie einfacher ist, wenn ich nicht da bin.« Als er erkannte, dass es erbärmlich und weinerlich klang, fügte er hinzu: »Aber wir schreiben uns SMS, machen Videoanrufe und so weiter.«

»Muss schön und ruhig sein. Ich dachte, als meine

Eltern starben, ich wäre fertig mit der ganzen Sei-nett-und-gesellig-Sache. Aber nein. Meine erweiterte Familie drängt sich mir immer auf, egal wie oft ich sie anschreie, sie sollen gehen.«

»Du klingst nicht, als würdest du sie mögen.«

»Die meisten sind Betrüger und Idioten.«

»Bist du deshalb mit Meadow befreundet?«

Ihre Lippen zuckten. »Sie ist ziemlich korrekt und naiv, was die Dinge angeht. Jemand musste sie davor bewahren, verletzt zu werden.«

»Rok wird das für sie tun. Der Kerl liebt sie abgöttisch.«

»Im Moment. Es scheint nur so schnell zu gehen.«

»Weil man es weiß, wenn man die richtige Person trifft.« Dieser Kuss mit Val am vergangenen Abend hatte die Dinge für ihn nur schlimmer gemacht.

»Begierde ist nicht Liebe.«

»Nein, ist es nicht. Aber sie ist oft ein Kennzeichen. Sag mir, Prinzessin, jetzt, da du einen Vorgeschmack auf mich hattest, willst du mehr?«

»Ich fahre.«

»Keine Antwort.«

»Meinetwegen. Ich verspüre keinen Drang. Du warst in Ordnung.«

Das gefiel seinem Ego nicht. »Dieser Kuss war mehr als in Ordnung.«

»Denk das ruhig, wenn du dich damit besser fühlst.« Sie zuckte die Achseln und spielte die Lässige, und doch hörte er, wie sich ihre Atmung beschleunigte, spürte ihre Hitze. Aber am schlimmsten war, dass er ihre Erregung roch.

»Also hat mein Kuss nicht gereicht. Wie steht es um meine Berührung?«

»Was ist damit?«

»Hat sie dir gefallen?«

Ihr Atem stockte, bevor sie schnaubte. »Nein.«

»Lügnerin.«

»Warum denkst du, ich lüge?«

»Weil ich weiß, dass du feucht bist. Ich weiß, dass du masturbiert und dabei an mich gedacht hast.«

Die Bremsen quietschten und der Geländewagen ruckte, als sie an den Straßenrand fuhr.

Ihre Augen flammten auf. »Ich habe nicht an dich gedacht.«

»Scheiße, doch, das hast du. Keine Sorge, Prinzessin, deine Begierde nach mir ist natürlich. Du kannst nicht anders. Noch besser ist, dass du nicht leiden musst. Lass mich dein Verlangen lindern.«

Ihr Mund formte ein O. »Ich habe keinen Sex mit dir.«

»Es ist kein Sex nötig, da ich bereits mit meinen Fingern ziemlich gut bin.« Gut genug, dass sie den Gefallen vielleicht erwiderte und sie beide ihre Begierde stillen konnten, ohne den horizontalen Tango zu tanzen.

»Igitt. Das ist widerlich. Ich kann nicht glauben, dass du das gesagt hast.«

»Gibt es eine nette Art zu sagen, dass ich dich

fingern will?« Ja, er war absichtlich vulgär, weil ihre Erregung ihn wahnsinnig machte. Entweder taten sie etwas, um die Sehnsucht zu lindern, oder sie musste ihn von sich stoßen.

»Wie wäre es, wenn du gar nichts sagst?«

»Es war nur ein Angebot.«

»Ein vulgäres und unangebrachtes.«

»Du hast recht. Das war es. Möchtest du mich ohrfeigen?« Er bot ihr eine Wange und ein Grinsen an.

»Du hältst dich für so süß und klug, aber du bist nur selbstgefällig und wirklich geschmacklos. Ein offensichtlicher Hinterwäldler ohne Manieren. Denkst du wirklich, du hättest eine Chance bei mir?«

Sie traf ihn hart unter der Gürtellinie, denn er hielt sich tatsächlich für süß und klug. Aber machte er sich selbst etwas vor?

Er hätte sich vielleicht mehr angezweifelt, wenn er nicht die Wahrheit gerochen hätte. »Mir dünkt, du protestierst zu viel, Prinzessin. Denn ich weiß, dass du feucht bist.«

»Bin ich nicht.«

»Nicht? Also bist du nicht davon fasziniert, dass ich dir näher komme?« Er beugte sich zu ihr. »Einen weiteren Kuss zu teilen, während meine Hand deinen Oberschenkel hinaufwandert?«

»Denkst du wirklich, ich wäre so leicht zu haben? Versuche es doch«, forderte sie ihn heraus.

Er nahm an. »Du fühlst nichts, wenn ich meine

Hand hierherlege?« Er packte ihren Oberschenkel, bevor er seine Hand ein wenig höher gleiten ließ.

Ihr stockte der Atem. »Nichts.«

»Und mein Kuss. Du sagtest, er sei schrecklich gewesen, oder?« Er flüsterte die Worte warm an ihren Lippen.

»Vielleicht war er okay.«

»Wie wäre es, wenn wir es noch einmal versuchen?« Er legte seinen Mund auf ihren und küsste sie. Saugte an ihrer Unterlippe, als wäre sie eine Süßigkeit. Er spielte mit ihrer Zunge und ließ seine Hand zwischen ihre Beine gleiten. Ihre Hitze brannte selbst durch den Stoff hindurch. Er presste seine Handfläche auf sie, während er sie küsste.

Er rieb.

Drückte.

Sie machte leise Geräusche in seinen Mund und stieß ihre Hüften gegen seine Hand. Ihr Miniorgasmus ließ ihn verkrampfen. Ihre Empfänglichkeit war so perfekt, und doch stieß sie ihn von sich?

»Wir sollten los, bevor sie ein weiteres Rettungsteam losschicken.« Sie legte den Gang ein.

»Ich glaube nicht, dass wir fertig sind.«

»Ich schon.« Eine selbstgefällige Antwort.

Sein pulsierender Schwanz jammerte, aber der Mann in ihm stieß stolz die Brust hervor.

»Wirst du darauf beharren, mir zu sagen, dass es nur okay war?« Seine Stimme klang ein wenig rau.

»Fühlst du dich besser, wenn ich deinen Kuss zu nett verbessere?«

»Nett?« Es war barsch. Spürte sie nicht dieselbe kochende Hitze?

»Nächstes Mal«, ihr Blick fiel, »strengst du dich mehr an.«

Die neckenden Worte ließen ihn pulsieren, befriedigten ihn jedoch auch auf seltsame Weise. Denn er hatte eine sehr wichtige Sache entdeckt.

Val konnte ihm nicht widerstehen.

Das Problem war, dass er auch keine Abwehr gegen sie hatte. Wenn sie Sex hatten, wäre er erledigt. Ein Todgeweihter. Gepaart fürs Leben. Die Vorstellung brachte ihn beinahe dazu, aus dem Wagen zu springen, um heulend in den Wald zu laufen.

Stattdessen fragte er sich, wann er sie erneut küssen konnte.

KAPITEL ACHT

Warum kann ich ihm nicht widerstehen?

Val wollte bei Asher distanziert sein, auch wenn sie sich absolut nicht so fühlte. Der Mann machte sie so verdammt heiß, und seit diesem ersten Kuss hatte sie ihn nicht vergessen können.

Und jetzt? Er hatte sie zum Höhepunkt gebracht, ohne auch nur eines ihrer Kleidungsstücke auszuziehen.

Das sollte nicht passieren. Sie sollte sich nicht in ihn verlieben. Im Gegensatz zu Meadow wusste sie, dass sie nicht Vollzeit hier im Wald leben konnte. Sie spürte bereits, wie sie unruhig wurde. Zwei Tage geschafft und noch mindestens zwölf weitere vor sich, bis die Hochzeit stattfand.

Vielleicht würde sie es nicht schaffen.

»Ich würde zu gern wissen, was du denkst.«

»Gib mir genügend Geld, dann können wir vielleicht darüber reden.«

Er lachte. »Du bist mir vielleicht eine, Prinzessin.«

»Wie bitte?«

»Du verstehst mich falsch. Ich meine, das ist etwas Gutes. Du bist direkt. Gewagt. Du täuschst nichts vor.«

»Ich mag keine Lügen.«

Er verzog das Gesicht. »Ich auch nicht, aber manche sind nötig.«

»Worüber lügst du?«

»Nicht über meine Schwanzgröße, denn ich weiß, dass du dich das fragst.«

Sie blickte auf seinen Schoß, dann schnell in sein Gesicht. Ihre Mundwinkel zuckten. »Ich weiß genau, was ich zu erwarten habe.« Sie wollte es. Sie hatte ihn vielleicht erst am Tag zuvor kennengelernt, aber sie würde definitiv mit Asher schlafen. Denn verdammt ... der Mann wusste genau, wie er sie auf Touren brachte.

Aber sie hasste es, dass er es wusste, weshalb sie weiterhin zwischen heiß und kalt wechselte. Sie wollte nicht zu leicht zu haben sein. Er sollte dafür arbeiten. Er sollte –

Seine Hand streifte ihren Oberschenkel, bevor er zudrückte. »Vor der letzten Kurve solltest du vielleicht ein wenig langsam machen. Zu dieser Jahreszeit sind Gänse in der Gegend und laufen gern auf der Straße herum.«

Sie bremste ein wenig zu sehr ab, da sie das Gefühl

hinauszögern wollte, wie er sie berührte. Sie wollte sich erinnern, wie es sich anfühlte ...

Er beugte sich zu ihr, als sie vor dem Haus parkte, um zu flüstern: »Wenn du mich brauchst, musst du nur fragen.«

»Was ich brauche, ist eine Toilette zum Pinkeln«, fauchte sie und ignorierte das Zittern in ihren Gliedmaßen. Sie sprintete praktisch aus dem Wagen, wobei sich ihre aktuellen Laufschuhe als bessere Schuhwahl hier draußen herausstellten, auch wenn sie nicht so süß waren.

In Ashers Hütte lehnte sie sich an die Tür. Nahm einen tiefen Atemzug. Platzierte fast eine Hand zwischen ihren Beinen. Wie konnte sie ihn noch immer wollen?

Weil dieser Orgasmus im Geländewagen nur eine Vorspeise war. Wie wäre es Haut an Haut?

Sie zitterte und lief zu seinem Bett, da sie wusste, dass sein Badezimmer zu klein war, um darin zu manövrieren. Die Hose wurde nach unten gezogen. Ihre Hand machte sich an die Arbeit. Sie kam schnell und mit Gedanken an ihn.

Es half nicht. Sie sehnte sich noch immer nach ihm und roch jetzt nach Muschi. Der abnehmbare Duschkopf leistete gute Arbeit darin, ihr einen erneuten Höhepunkt zu verschaffen, während sie sich wusch.

Sie kam frisch riechend und ruhig heraus, ihre Hormone unter Kontrolle. Sie zog sich sportlich an und ging zum Farmhaus, wobei ihr auffiel, dass der große rote Pick-up nicht länger an ihrem Fahrzeug hing und niemand in Sicht war.

Sie entdeckte Nova an der Küchentheke, wo sie einen Stapel Post sortierte, während Asher am Tisch an einer Tasse nippte.

»Du hast Post«, verkündete Nova, die Asher einen Brief wie einen Frisbee zuwarf.

Er fing ihn mit einem beeindruckenden Sprung von seinem Stuhl auf, bei dem er über den Boden rollte und sofort wieder aufsprang. Er riss den Umschlag auf und sein Gesicht machte einige Emotionen durch: glücklich, traurig, dann stoische Resignation.

»Was ist los?«, fragte Val, die sich für einen kurzen Blick näherte.

»Nichts«, log er, aber als er sich das Schreiben in die Hosentasche stecken wollte, schnappte Val es sich und las.

»Das ist eine Einladung zu einer Taufe. Wer ist Winnie? Die Mutter deines Babys?« Es klang schroff.

»Bist du eifersüchtig?«, zog Asher sie auf.

»Nein!«, schnaubte Val, auch wenn sie gegen die Wut ankämpfte.

»Kein Grund zur Sorge, Prinzessin, mein Herz gehört immer noch dir. Das Baby ist von meiner Schwester.«

»Glückwunsch zum Onkel-Dasein.«

»Danke.«

»Wann brichst du auf, um das Baby zu sehen?«, fragte sie, wobei sie sich hinsetzte und den Teller mit

Keksen auf dem Tisch bemerkte. Es waren nur zwei Stück samt einiger Krümel übrig geblieben.

»Vermutlich nie, es sei denn, Winnie bringt sie zur Farm.«

»Warum liegt es an ihr? Ein Besuch deinerseits ist schon lange überfällig, besonders bei jemandem mit Kind«, erwiderte sie.

»Dessen bin ich mir bewusst, allerdings bin ich zu Hause nicht gerade willkommen.«

»Bist du das schwarze Schaf der Familie?«

Das Grübchen hätte sie warnen sollen. »Laut dem Familientratsch bin ich eine große Hure.«

Sie zog eine Augenbraue hoch. »Stimmt das?«

»Ja. Aber zu meiner Verteidigung, ich war nicht derjenige, der den Großteil des Verführens übernommen hat.«

Sie konnte es sehen. Mit seinem Aussehen warfen sich ihm die Frauen vermutlich an den Hals. »Also hast du einen Ruf. Ich verstehe nicht, warum dich das davon abhält zurückzugehen. Hast du Angst, jemand wird dich als Schlampe bezeichnen?«

»Wohl eher, dass mein Cousin versuchen wird, mein Gesicht neu anzuordnen und mir wieder ein paar Knochen zu brechen. Er ist immer noch angesäuert, weil ich mit der Frau geschlafen habe, die er geheiratet hat.«

»Du hast deinem Cousin Hörner aufgesetzt?«

»Er ist ein entfernter Cousin, und damals waren sie nicht verheiratet.«

»Nicht cool.«

»Zu meiner Verteidigung, sie hat mir gesagt, sie hätten sich getrennt.«

Sie biss sich auf die Unterlippe. »Oh. Das ist beschissen von ihr.« Aber sie konnte den Grund verstehen. Asher war nicht wie andere Männer.

»Jetzt siehst du, warum ich nicht zurückkehren kann.«

»Nicht wirklich. Sag deinem Cousin einfach nicht, dass du kommst.«

»Er würde es herausfinden. Und ich weiß nicht, wie es dir geht, aber mir gefällt mein Gesicht so, wie es ist.«

»Blaue Flecke werden heilen. Hör auf, ein Weichei zu sein. Lass dich von deinem Cousin ein paarmal schlagen und das Problem ist gelöst.« Val hatte eine Lösung.

»Wenn es nur so einfach wäre. Rocco ist nicht der Typ, der fair kämpft, und die Wahrscheinlichkeit ist groß, dass ich am Ende wirklich verletzt werde. Vielleicht tot bin.«

Sie zog eine Braue hoch. »Und ich dachte, meine Familie sei schlimm. Trotzdem, das sind deine Nichte und deine Schwester, von denen wir reden. Es muss einen Weg für dich geben, sie und das Baby zu sehen.«

»Es gibt einen, aber er ist albern. Ich muss verheiratet sein.«

Ihr Gelächter war zu schallend, um es zurückzuhalten. »Du bist zu sehr ein Aufreißer, um sesshaft zu werden.«

»Der Meinung bin ich auch. Daher mein Dilemma.«

»Du könntest es vortäuschen.«

Er prustete. »Das wird nicht funktionieren.«

»Warum nicht?«

»Weil sie erwarten werden, meine Frau zu sehen. Es ist irgendwie schwierig, eine zu erschaffen.«

Nova, die die ganze Zeit die Post durchgesehen hatte, warf ein: »Eigentlich hat die Frau nicht unrecht. Eine vorgetäuschte Frau ist die perfekte Lösung.«

»Meldest du dich freiwillig?«, war seine belustigte Antwort.

Daraufhin musste Valencia dem Drang widerstehen, sich einzumischen. Eifersucht hatte hier keinen Platz.

»Als würde irgendjemand glauben, dass ich deine Tussi sein könnte.« Nova verzog das Gesicht.

»Dann schätze ich, ich bin irgendwie im Arsch, denn ich bezweifle, dass Rok mir Meadow ausleihen wird, und Astra ist viel zu schwanger.«

»Ich könnte es tun.«

Zwei Augenpaare richteten sich auf Val.

»Du?« Er verbarg den skeptischen Unterton nicht.

»Ja, ich.« Ihr Blick wurde finster. »Guck nicht so überrascht und denke nicht, dass ich das mache, weil ich an dir interessiert bin oder so. Ich halte es nur für erbärmlich, dass du zu große Angst hast, deine

Schwester und das Baby zu besuchen. Wenn ich also deine Scheinfrau sein muss, damit es passiert, dann soll es so sein. Es ist nur in Edmonton. Was tatsächlich funktioniert, denn während wir für die Taufe dort sind, hole ich ein paar Hochzeitssachen. Vielleicht kann ich sogar einen Junggesellinnenabschied für meine beste Freundin organisieren.«

»Oh, wenn du Stripper besorgst, denk an ein hübsches Mädchen für mich.« Nova zwinkerte.

»Stripper sind von gestern. Wir würden in ein Casino gehen und sehen, ob wir genug gewinnen können, um ihre Flitterwochen zu bezahlen.«

»Hast du Casino gesagt?« Plötzlich erschien Meadow. »Du weißt, dass ich diese Maschinen mit den Griffen liebe, die die Obstdinger drehen.«

»Und was die zukünftige Frau des Chefs will, soll sie kriegen.« Nova klatschte in die Hände. »Ich schätze, Val und Asher machen einen Ausflug.«

Moment. Was? Val öffnete den Mund, um zu widersprechen. Sie hätte niemals etwas vorschlagen sollen.

Asher kam ihr zuvor. »Ich gehe nicht.«

»Warum nicht? Denkst du, ich bin nicht gut genug, um deine Frau zu sein?«, griff Val ihn an.

»Was?« Meadow blinzelte. »Habe ich etwas verpasst?«

»Asher kann nicht nach Hause gehen, bis er verheiratet ist. Val hat angeboten, ihm zu helfen.« Nova grinste breit, als sie sagte: »Kraft des mir von einer Webseite, an deren Name ich mich nicht erinnern kann, verliehenen Amtes, erkläre ich Asher und Val hiermit zu Scheinmann und Scheinfrau.«

»Es wird nicht funktionieren«, erwiderte Asher.

»Willst du deine Familie sehen oder nicht?«, fauchte Val.

»Ja.«

»Dann hör auf zu diskutieren und fang an zu gehorchen, *Ehemann*.« Es verpasste Val einen seltsamen Kick, es zu sagen, und sein Gesicht ging allerhand Ausdrücke durch, bevor er sich für belustigt entschied.

»Ich schätze, ich gewöhne mich besser daran, dass mein Mühlstein am Hals mich herumkommandiert.«

Und damit wurden Pläne gemacht, dass sie am folgenden Morgen aufbrachen. Sie hatten nur wenig Zeit, um einige Dinge zu klären, damit die Sache funktionierte.

Da sie eine glaubhafte Vorgeschichte brauchten, lud sie ihn nach dem Abendessen in seine eigene Hütte ein. Sie setzte sich im Schneidersitz auf das Bett, während er den Sessel beanspruchte. Mit ihm darin wirkte die Hütte um einiges kleiner. Sie widerstand der Versuchung, an der Tagesdecke zu zupfen, und betrachtete ihn direkt.

»Ich habe mir gedacht, müssen wir verheiratet sein oder würde eine Verlobte ausreichen? Denn das zeigt die Absicht, aber wenn du später sagst, wir hätten uns getrennt, ist es keine so große Sache.«

»Lässt du dich bereits von mir scheiden?« Er legte eine Hand auf sein Herz.

»Ich versuche nur, es weniger zu einer Lüge zu machen.«

»Überlegst du es dir anders? Ich weiß, dass du Vorwände nicht magst.«

»Ich habe nie behauptet, es nicht zu mögen, etwas vorzutäuschen. Ich hasse es nur, von Leuten verarscht zu werden, denen ich eigentlich vertrauen sollte.«

»Verständlich. Aber du weißt, dass du mich darum bittest, meine Mutter und meine Schwester anzulügen?«

»Du könntest ihnen die Wahrheit sagen. Das wäre nur, um deinen Cousin zu überzeugen oder wer auch immer dich verpetzen könnte.«

»Was bedeutet, es meiner Mutter und meiner Schwester nicht zu sagen. Wenn wir wollen, dass es echt aussieht, müssen wir überzeugend genug sein, um meine Mutter und Schwester denken zu lassen, wir wären tatsächlich ein Paar. Ich glaube nicht, dass du das tun kannst.«

»Ich? Was genau willst du damit andeuten?«

»Du müsstest nett zu mir sein.«

»Ich bin nett zu dir«, fauchte sie.

Er zog eine Augenbraue hoch. »Merkst du überhaupt, wie oft du mich anherrschst?«

»Nur weil ich durchsetzungsfähig bin, macht mich das nicht zur Zicke.«

»Das habe ich nie behauptet.«

»Du hast es vermutlich gedacht«, grummelte sie. Das geschah öfter, als ihr lieb war. Männer konnten mit einer starken Frau nicht umgehen.

»Ich finde deine Herrschsucht sexy.«

»Ich bin nicht herrisch.«

»Willst du mir sagen, wie diese Reise funktionieren soll?«

»Ja. Aber ich bin mir sicher, dass du nicht vollständig zuhören wirst.«

»Wir müssen es authentisch machen, Prinzessin.«

»Apropos nett, wenn du Prinzessin sagst, tu es liebevoll und nicht sarkastisch.«

»Ja, Prinzessin.« Er klimperte mit den Wimpern.

Sie prustete. »Du siehst lächerlich aus.«

»Solltest du nicht auch einen Kosenamen für mich haben? Meine Freunde sagen Ash.«

»Das ist für deine Freunde. Als Liebende sollten wir etwas anderes benutzen.«

»Apropos Liebende, kannst du damit umgehen, wenn ich dich in der Öffentlichkeit anfasse?«

»Solange du nicht widerlich bist. Ich stehe nicht auf Pärchen-Terror.«

Er blinzelte.

»Öffentliche Liebesbekundungen. Also Küsse auf die Wange und Händchenhalten ist in Ordnung, Zunge und Hand unter meinem Hemd nicht.«

»Bist du dir da sicher? Denn ich wette, du würdest es genießen.«

Diese Wette würde sie nicht annehmen, denn sie

wusste, dass sie es genießen würde. »Ich habe zugestimmt, deine vorgetäuschte Partnerin zu sein, nicht deine Sexpuppe.«

»Verstanden. Wird es für dich in Ordnung sein, wenn wir uns ein Zimmer teilen? Meine Mutter und meine Schwester haben bei sich nicht viel Platz.«

Sie hob eine Hand. »Warte. Ich bin nicht von Gästezimmern oder Sofas begeistert. Ganz zu schweigen davon, dass das unsere vorgetäuschte Beziehung vielleicht ein wenig zu sehr belastet. Wir könnten in ein Hotel gehen. Wir können eins mit zwei großen Betten buchen, damit jeder sein eigenes hat.«

»Sorgst du dich darum, mit mir zu teilen, Prinzessin?«

»Ich kann mit dir umgehen, wenn du zu übermütig wirst.«

»Ich? Ich habe von dir gesprochen. Wir wissen beide, dass du mich willst.«

»Tue ich nicht«, schnaubte sie. Eine Lüge. Sie war sich seiner Anwesenheit ihr gegenüber allzu bewusst.

»Jeder, der uns ansieht, wird die sexuelle Spannung spüren.«

Damit lag er vielleicht richtig. »Und was schlägst du vor, wie wir das in Ordnung bringen?«

Sein langsames Grinsen warnte sie. »Reichliche Orgasmen im Voraus.«

Es schmerzte beinahe, ihn zurückzuweisen. »Wir haben keine Zeit. Wir brechen morgen früh auf.«

Diesmal zog er eine Augenbraue hoch. »Ist das eine Herausforderung?«

Als sie das das letzte Mal getan hatte, hatte er sie zum Höhepunkt gebracht, obwohl sie vollständig bekleidet gewesen war.

Sie grinste ihn an. »Wenigstens haben wir diesmal ein Bett.« Auch wenn sie für gewöhnlich gewagt war, war das für Val eine neue Ebene. Sie zog es vor, ihre Liebhaber ein wenig länger zappeln zu lassen. Sie brachte sie dazu, ihr Abendessen zu bezahlen und sie auszuführen. Sie brachte sie zum Keuchen und so weit, dass sie bettelten.

Bei Asher war sie diejenige, die zu betteln bereit war.

Vergessen war die Tatsache, dass sie sich erst kennengelernt hatten und mit ihm zu schlafen jetzt unangenehm wäre, da sie während der nächsten zwei Wochen in seiner Nähe sein würde. Sie wollte ihn.

»Ich –« Was auch immer er sagen wollte, wurde unterbrochen, als jemand an die Tür klopfte. »Hey, ist Ash da drin?«

»Was ist los, Hammer?«

»Ich habe eine Liste mit Zeug, das du holen musst, während du in der Stadt bist. Lochlan hat auch eine. Oh, und Gary hat irgendetwas von Fliesen für das Badezimmer gesagt.«

Asher verzog das Gesicht. »Ich bin gleich da.« Er sah sie an. »Ich schätze, wir müssen diese Herausforderung verschieben.«

Sie schenkte ihm ein kokettes Lächeln. »Was, wenn es nur ein einmaliges Angebot ist?«

»Dann habe ich Pech. Wir sehen uns morgen früh, Prinzessin. Träum süß von mir.« Er zwinkerte und ging.

Verdammt, wenn sie nicht die ganze Nacht von ihm träumte.

KAPITEL NEUN

Asher ergriff die Flucht, bevor er es sich anders überlegen und Val beanspruchen konnte.

Er war nicht bereit, sich zu binden. Schlimm genug, dass er irgendwie in einen Plan verwickelt worden war, sie zu seiner vorgetäuschten Frau zu machen. Vielleicht wäre es nicht lange vorgetäuscht. Er war schwer in sie verknallt.

Es drehte ihm den Magen um und erfüllte ihn gleichzeitig mit einer kribbelnden Vorfreude. Wäre ihm nicht die perfekte Ausrede serviert worden, hätte er sie gevögelt. Obwohl er wusste, dass er das nicht tun sollte. Wenn sie füreinander bestimmt waren, dann würde Sex sie ein Leben lang aneinander binden. Das war wohl kaum fair, wenn sie nicht die ganze Wahrheit kannte.

Sie waren nicht kompatibel. Er lebte hier, in der Provinz. Sie war durch und durch ein Stadtmädchen.

Auf der anderen Seite wurden füreinander bestimmte Gefährten zueinander gebracht, weil sie perfekt waren, was bedeutete, dass sie mit seiner Werwolfseite umgehen können sollte. Aber wie sollte er das ansprechen, da er die Wahrheit nicht zugeben konnte, ohne sie vorher durch einen Schwur verpflichten zu lassen? Wagte er das überhaupt? Die Hälfte der Zeit war er sich nicht einmal sicher, ob sie ihn mochte. Seine Berührung, ja. Aber Asher als Person? Sie verspottete ihn bei jeder Gelegenheit.

Das liebte er an ihr. Aber was, wenn er falschlag? Das letzte Mal, als er so durcheinander gewesen war, war ihm letzten Endes die Scheiße aus dem Leib geprügelt worden. Die Unentschlossenheit führte dazu, dass er sich so sehr herumwälzte, dass er zweimal aus der Hängematte fiel, bevor er sich damit abfand, auf der Veranda zu schlafen.

»Hmhm.« Ihr Räuspern weckte ihn am nächsten Tag. Val stand über ihm, wobei sie leider eine Hose trug.

Er drehte sich auf den Rücken. »Guten Morgen, Prinzessin.«

»Warum bist du draußen?«

»Frische Luft.«

»Ist das, weil ich in deinem Bett bin?«

»Sag mir nicht, dass du ein schlechtes Gewissen hast, es zu nehmen.« Er stützte sich auf einen Ellbogen.

»Nein.« Sie ging ins Haus, und nachdem er

langsam aufgestanden war, folgte er ihr. Er duschte und zog sich an, bevor er sich ihr an der Küchentheke anschloss, wo sie eine Schüssel Müsli aß – frisch gemachter Haferbrei mit Rosinen – und ein wenig Orangensaft trank.

»Ich habe etwas gemacht, das den Magen voll hält.« Poppy wandte sich mit einer weiteren dampfenden Schüssel vom Herd ab.

»Reich mir den Zucker.« Er setzte sich und häufte einige Löffel voll braunen Zucker darauf.

»Willst du noch Haferbrei dazu?« Vals trockene Frage.

»Es ist köstlich«, sagte er mit vollem Mund.

»Ich habe Mittagessen und Snacks für die Fahrt gepackt.« Poppy hievte eine Kühltasche auf die Theke.

Vals Augen wurden groß, aber Asher war nicht überrascht.

»Ich habe gehört, wir machen den Junggesellinnenabschied in Edmonton?«, fügte Poppy schüchtern hinzu.

»Ja. Wenn alles gut läuft, werden wir das Penthouse eines Hotelcasinos mit vier Schlafzimmern bekommen, jedes mit eigenem Bad und riesigem Wohnzimmer mit Aussicht über die Stadt.«

»Klingt teuer.«

»Das ist es für die meisten. Für mich nicht. Meine Tante Cicily leitet ein Casino-Resort am Stadtrand.«

»Wie viele Cousins und Cousinen hast du eigentlich?«, fragte Asher. Denn er hatte den Überblick über ihre Familienmitglieder verloren.

»Dreiundzwanzig. Vielleicht vierundzwanzig, wenn sich herausstellt, dass das Baby von Onkel Giorgio ist.«

»Stehst du deiner Familie nahe?«

Sie rümpfte die Nase. »Kommt darauf an, wie du *nahestehen* definierst. Wir sind verwandt. Wir sehen einander bei Familienfeiern, denen beizuwohnen ich mich entscheide. Das sind nicht viele. Meine Eltern waren nicht gerade geschätzt.«

Frag nicht warum. Frag nicht –

»Warum?«

»Sagen wir einfach, sie waren keine aufrechten Bürger.«

»Tut mir leid, das zu hören.«

»Warum?« Sie betrachtete ihn aufrichtig. »Es gibt keinen Grund für dich, dich darum zu scheren. Ich tue es nicht. Es ist, wie es ist. Ich habe ihre beschissene Erziehung überlebt, trotz ihrer besten Versuche.«

»Wann willst du aufbrechen?«, fragte er, bevor er noch mehr über sie erfuhr. Abstand zu halten bedeutete, ihr nicht zu nahe zu kommen. Gut, dass Val bereit zu sein schien, ihn von sich zu halten.

»Jetzt.«

»Wie du befiehlst, Prinzessin.«

Kurz darauf brachen sie mit einigem Klopfen auf den Rücken und Zwinkern für ihn auf, während

Meadow redete wie ein Maschinengewehr und Val fest umarmte.

Er saß auf dem Beifahrersitz, während Val fuhr wie eine Psychopathin, die vor dem Ende der Welt floh.

Der *Oh-verdammt*-Griff wurde ausführlich genutzt. »Ein wenig schnell?« Eine ironische Aussage angesichts seiner eigenen Vorliebe für hohe Geschwindigkeiten, wenn er fuhr.

Sie zeigte auf das Navigationsgerät mit seiner geschätzten Ankunftszeit. »Ich bin mir ziemlich sicher, da kann ich mindestens eine Stunde rausholen.«

Er zog eine Augenbraue hoch. »Das zählt nur, wenn wir lebendig ankommen.«

»Hast du Angst vor einer Frau, die fährt?«

»Ich habe wohl eher Angst vor den Elchen, die gern plötzlich vor Autos erscheinen und beweisen, wer härter ist.«

»Deshalb hat Cousin Vinny vorne einen Kuhfänger installiert.«

Er schlug mit dem Kopf beinahe auf dem Armaturenbrett auf. Die Frau war verrückt. Und heiß. Eine gefährliche Kombination.

Es waren zwei Stunden Fahrt – während derer er ein Nickerchen machte, da er beschissen geschlafen hatte – und dann war noch ein Teil von Poppys Snacks für unterwegs nötig, bevor er ihren anstehenden Besuch bei seiner Mutter und Schwester ansprach.

»Wir sollten vermutlich unsere Geschichten

abstimmen«, sagte er und versuchte, nicht zusammenzuzucken, als sie einhändig aß und die Kurven mit fast der doppelten erlaubten Geschwindigkeit nahm.

»Halt dich so gut wie möglich an die Wahrheit. Das würde mein Onkel Karlos sagen. Er ist Anwalt. Die Hintergrundgeschichte ist einfach. Wir haben uns durch Meadow kennengelernt, haben uns wahnsinnig ineinander verliebt und fast sofort verlobt.«

Ein plausibles Szenario, nur dass seine Familie sofort wissen würde, dass sie nicht seine Gefährtin war, da ihr sein Duft fehlte. »Das könnte funktionieren, wenn meine Familie sich nicht meiner Abneigung der Ehe gegenüber bewusst wäre.«

»Warum hasst du sie?«

Er zuckte die Achseln. »Ich hasse sie nicht, aber ich bin kein Fan. Ich denke, zu viele Leute heiraten aus den falschen Gründen.«

»Was ist ein richtiger Grund?«

Es klang albern, aber er sagte es dennoch. »Wahre Liebe.«

Sie prustete. »Und woher weißt du, ob sie wahr ist oder nicht?«

»Das tut man nicht. Deshalb gehe ich ihr lieber aus dem Weg.« Eine Sache, die er bereits seit Jahren behauptete, und doch wollte er etwas anderes, während er neben Val saß. Er wollte sie.

»Du bist derjenige, der gesagt hat, wir müssten ein Paar sein, um zu Besuch zu kommen. Was ich immer noch nicht verstehe. Wird dein Cousin plötzlich weniger wütend sein, weil du mit jemandem zusammen bist?«

»Ja.«

»Das ist dumm.«

»Eher kompliziert.«

»Offensichtlich. Ist deine Familie Teil irgendeines anderen Kults?«

Er lachte vor Belustigung. »Das könnte man so sagen.«

»Wie machen wir es dann glaubwürdig? Und wenn du sagst, indem wir vögeln, dann werde ich dich sofort am Straßenrand aussetzen.«

»Kein Sex.« Denn Sex wäre die Sache, die sie beide fertigmachte. Der Mangel daran ließ ihm jedoch eine Idee kommen. »Kannst du so tun, als wärst du religiös?«

»Ich bin italienische Katholikin. Ich muss nicht so tun, auch wenn ich nicht glaube oder praktiziere. Warum?« Sie warf ihm einen flüchtigen Blick zu.

»Weil gute katholische Mädchen vor der Ehe keinen Sex haben.«

Ihr Gelächter war laut und schallend. »Ich soll so tun, als wäre ich Jungfrau?«

»Das würde erklären, warum ich bereit war, mich zu verloben. Außerdem könnten wir dann getrennte Zimmer nehmen.« Er musste die Versuchung weit von sich halten, wenn er unbeschadet aus der Sache herauskommen wollte.

»Wird deine Familie nicht denken, du spielst mit

der ganzen schnellen Verlobung mit mir, nur um mir an die Wäsche zu gehen?«

»Sie halten mich bereits für einen Aufreißer.«

»Das hat Potenzial«, murmelte sie. Dann sah sie ihn an. »Aber es ist auch verrückt. Wer wird glauben, dass ich Jungfrau bin? Sieh mich an. Fast dreißig und verdammt heiß.«

»Bisher kein Glück in der Liebe und dazu entschlossen, auf den Richtigen zu warten.«

»Dich?« Sie kicherte. »Ich schätze, du bist hübsch genug, dass es glaubhaft sein könnte.«

So war es besser, denn die Alternative bestand darin, dem Brennen in ihm nachzugeben und sie zu seiner Gefährtin zu machen.

KAPITEL ZEHN

Nach der Hälfte ihrer Reise erlaubte Val Asher widerwillig, den Platz am Steuer einzunehmen. Auch wenn er nicht so schnell fuhr wie sie, blieb er anständig über der Geschwindigkeitsbegrenzung, was bedeutete, dass sie zum Abendessen in Edmonton ankamen. Sie hielten nur zweimal an, weil der Kaffee, den sie trank, direkt durch sie hindurchfloss.

Sie hatten zwar einen Schlachtplan aufgesetzt – und persönliche Details ausgetauscht, um ihre vorgetäuschte Verlobung noch echter zu machen –, hatten aber nicht mit einer Veranstaltung gerechnet, die ihre Entscheidung, zwei Zimmer zu mieten, über den Haufen warf. Das Hotel war voller Gäste, von denen viele laut und bereits betrunken waren. Ihre Schuld, nicht vorher angerufen zu haben. Oder sie konnte es ihm in die Schuhe schieben. Sie war seit ihrem Kennenlernen nicht sie selbst gewesen.

Asher verzog das Gesicht. »Vielleicht sollten wir woanders hingehen.«

»Wir müssen nur für eine Nacht teilen«, merkte sie an. »Heute ist ihr letzter Tag.«

»Ich schätze schon.« Er klang nicht begeistert, was sie unendlich ärgerte.

Zuerst war der Kerl ganz heiß auf sie, und jetzt tat er alles, was er konnte, um ihr fernzubleiben. Seit ihrer heftigen Knutscherei hatte er sie nicht einmal angerührt. Nicht einmal während der Fahrt hatte er versucht, sie anzufassen.

Sie hatte irgendwie gehofft – erwartet –, dass er sie befummeln und ihr seine zuvor erwähnte Fingerfertigkeit zeigen würde. Jetzt musste sie hoffen, dass die Dusche einen abnehmbaren Duschkopf hatte. Oder würde er wieder zum Flirten übergehen, sobald sie ins Zimmer kamen? Denn sie hätte schwören können, dass er immer noch interessiert war. Sie jedenfalls war weiterhin voller Begierde.

»Keine Sorge, Bonbon, ich verspreche, deine Tugend nicht zu gefährden.«

»Bonbon?«

»Weil du süß und klebrig bist?«, erwiderte sie.

»Das kann nicht dein Ernst sein.«

»Pingelig, pingelig. Du hast nicht gehört, dass ich mich über deinen Spitznamen für mich beschwere.«

»Meiner bezeichnet dich als königlich.«

»An Bonbons kann man wunderbar lutschen.« Sie schenkte ihm einen harmlosen Blick.

Sein Adamsapfel wippte, bevor er sagte: »Nein.«

»Du machst keinen Spaß. Keine Sorge, mir wird etwas anderes einfallen.« Sie zwinkerte. »Zurück zur Zimmersituation. Du solltest mir danken. Wir bekommen das Zimmer zum begünstigten Familienpreis.«

»Wenn Geld ein Problem ist, kann ich woanders für zwei Zimmer bezahlen.«

Sie prustete. »Und meine Tante beleidigen? Hör auf zu diskutieren und bring die Taschen rein.«

Sie marschierte hinein und ließ ihn schleppen, denn wenn er das nicht tat, würde Tante Cicily davon erfahren und der Familie berichten. Dann müsste Val sich mit Telefonaten und Nachrichten über ihren beschissenen Verlobten herumschlagen. Sie konnte sich bereits jetzt den Aufruhr vorstellen, wenn die Neuigkeit die Runde machte, dass sie mit einem Mann erschienen war. Wenigstens würde es ein paar Tanten das Maul stopfen, die jammerten, dass die arme Valencia als alte Jungfer enden würde.

Das würde sie vermutlich. Die meisten Männer langweilten sie. Sie blickte zurück zu Asher, der mühelos ihren riesigen Koffer sowie seine eigene Tasche trug.

Asher langweilte sie nicht. Noch nicht. Aber sie kannte ihn erst seit zwei Tagen. Bald würde er nervig werden. Selbst wenn er das nicht tat, musste sie sich einfach daran erinnern, dass er ein Landei war. Selbst wenn sie sich weiterhin verstanden, konnte es nirgendwo hinführen, denn sie würde nicht aus der Stadt wegziehen. Zumindest nicht weiter als in einen der Vororte, zu mehr war sie nicht bereit.

Die Rezeption war voller Menschen. Als müsste Val warten.

Tante Cicily selbst brüllte: »Valencia. Hier drüben!«

Die recht große und breite Frau winkte ihr zu. Ihre Züge waren attraktiv, wenn auch scharf, und ihre Nase ein wenig hakenartig. Ihre Tante hatte nie geheiratet und der jungen Valencia mehr als einmal angeboten, bei ihr anstatt bei ihren eigenen Eltern zu leben. Aber das hätte bedeutet, Meadow in Calgary zurückzulassen. Val zog es vor, mit ihrer besten Freundin zu Besuch zu kommen und von ihrer Tante verwöhnt zu werden.

Sie ertrug die riesige Umarmung und dann das Starren, als ihre Tante jeden Zentimeter von ihr katalogisierte.

»Zu dünn«, erklärte sie, bevor sie den Blick auf Asher richtete. Sie musterte ihn intensiver, bevor sie lächelte. »Zu hübsch.«

Der Schuft nahm Cicilys Hand und küsste sie. »Ich wollte gerade dasselbe sagen. Ich sehe, gutes Aussehen liegt in der Familie.«

»Oh, ein Charmeur«, murmelte Cicily. »Kommt. Ich befürchte, euer Zimmer ist nicht mein bestes. Ich habe nur eins frei, weil wir den Bewohner rausgeschmissen haben. Dachte, er könnte meinen Mitarbeiterinnen auf den Hintern schlagen.«

»Arschloch«, erwiderte Val.

Während Asher flirtete, indem er sagte: »Bedeutet das, dass ich dir keinen liebevollen Klaps geben darf?«

»Für dich mache ich eine Ausnahme«, kicherte Cicily.

Val sah beinahe rot, bis sie sich daran erinnerte, dass es ihr egal war.

Als würde er ihren Ärger spüren, legte er einen Arm um ihre Taille. »Vielleicht nicht in der Nähe meiner Verlobten. Sie ist der eifersüchtige Typ.«

»Verlobte?« Das Stöhnen strahlte angesichts der schockierten Miene ihrer Tante praktisch von Val ab. »Sie hat in ihrer Nachricht kein Wort davon erwähnt. Nur, dass sie einen Freund mitbringt.« Den letzten Teil richtete sie mit zusammengekniffenen Augen an Val.

»Überraschung.« Eine trockene Antwort von Val.

»Wo ist der Ring?« Cicily musterte ihren nackten Finger.

»Einer der Gründe, warum wir hier sind. Wo ich wohne, gibt es nicht viel Auswahl, und na ja, ich konnte es einfach nicht abwarten, einen Antrag zu machen.« Asher trug dick auf.

Cicily schluckte es. »Ich schätze, die Familie weiß es nicht.«

»Bis morgen wird sie das, da bin ich mir sicher«, murmelte Val.

»Früher.« Cicily verbarg nicht einmal die Tatsache, dass sie tratschen würde. »Habt ihr schon ein Datum festgelegt? Einen Ort gewählt? Du weißt, dass wir hier Hochzeiten ausrichten.«

»Kein Datum, und bevor du fragst, der Penthouse-Junggesellinnenabschied ist für Meadow. Und nur für Meadow. Ich würde ihr nie ihren besonderen Tag nehmen wollen.«

»Die kleine Meadow heiratet.« Cicily schüttelte den Kopf. »Sieh einer an, wie ihr beide euch an einen Mann fesseln wollt.«

»Nur weil sie den richtigen Kerl getroffen hat«, trällerte Asher. »Da du gefragt hast, wir werden vermutlich bald heiraten. Ich kann es nicht erwarten, Valencia mein zu machen.«

Eine Aussage, die abstoßend hätte sein sollen. Stattdessen erschauderte sie. Asher umarmte sie fester, ein Arm für sie, der andere zog das Gepäck. Eine beeindruckende Meisterleistung.

Ihre Tante blieb am Aufzug stehen und reichte ihnen zwei Schlüsselkarten. »Die bringen euch heute Abend in Zimmer 713 und morgen ab fünfzehn Uhr in das Penthouse. Der Zimmerservice geht auf mich, also bestellt, was immer ihr wollt.«

»Danke.«

»Danke mir nicht. Du hast mir gerade die beste aller Belohnungen beschert. Warte, bis alle die Neuigkeiten hören.«

Erst als sich die Aufzugtüren schlossen, stöhnte

Val. »Mein Handy wird heute Nacht ununterbrochen klingeln.«

»Ich dachte, du stündest deiner Familie nicht nahe.«

»Tue ich nicht.«

»Deine Tante scheint dich wirklich zu mögen.«

»Das tut sie. Das tun sie alle. Das bedeutet jedoch nicht, dass ich das erwidere.« Sie alle waren Zeugen ihrer Kindheit gewesen. Hatten angeboten, ihr zu helfen. Sie hatte abgelehnt. Aber die Scham blieb. Allerdings ließ sie nicht zu, dass Stolz den Familiengeschäften im Weg stand. Dann wurden sie nur noch mehr beleidigt.

»Es muss schrecklich sein, so geliebt zu werden.«

Aus irgendeinem Grund ärgerte sie die Neckerei. Sie stieß ihn und trat aus seiner Umarmung. »Du hast keine Ahnung, wovon du sprichst. Also halt die Klappe, Sparky.«

»Sparky? Was für ein Spitzname ist das denn?«

»Hast du noch nie einen Griswold-Film gesehen?«

Er verzog die Lippen. »Vergleichst du mich mit Chevy Chase?«

»Na ja, ihr habt beide helles Haar und haltet euch für witzig.« Der Aufzug blieb stehen und die Türen öffneten sich. Sie trat hinaus und machte sich nicht die Mühe nachzusehen, ob er ihr folgte. Nicht nötig. Sie spürte ihn, als wäre er auf ihrem Radar.

Die Tür zu ihrem Zimmer war am hinteren Ende neben der Treppe. Hervorragend. Sie öffnete sie und offenbarte einen angemessen großen Raum. Sauber. Zwei Betten. Ein Badezimmer. Der Ausblick aus dem Fenster zeigte den Parkplatz. Ungefähr so groß wie seine Hütte, und doch fühlte es sich winzig an, als sie sich umdrehte und sah, wie er die Tür schloss.

Er ließ das Gepäck auf das erste Bett fallen und streckte sich. »Ich weiß nicht, wie es dir geht, aber ich könnte eine Dusche vertragen.«

Die Bemerkung löste in ihr die Vorstellung von ihm aus, nackt und nass.

Mmm ...

Sein Gesichtsausdruck schwelte, aber er kam ihr nicht näher. »Musst du zuerst pinkeln?«

Sie brauchte da unten etwas, aber nicht das, was er vorschlug. »Mach nur. Ich komme klar.«

Nur dass sie das nicht tat. Sie musterte ständig die Badezimmertür. Die unverriegelte Tür. Er hatte sie geschlossen, aber nicht das Schloss gedreht. Würde er protestieren, wenn sie sich ihm anschloss?

Er hatte nichts getan, um darauf hinzudeuten, dass er sie so nahe bei sich haben wollte. Vielleicht war er nervös, seine Familie zu sehen.

Als er schließlich in einer Dampfwolke herauskam, ein Handtuch um die Hüfte gewickelt, schluckte sie schwer beim Anblick seiner nassen Brust. Haariger als erwartet. Nett.

Er ging zu seiner Reisetasche. »Ich habe saubere Klamotten vergessen.«

Sie vergaß, wie man sprach, während sie starrte.

Der Mann war gebaut wie ein Gott. Muskulös. Schlank. Leckbar.

»Muss pinkeln.« Sie lief ins Badezimmer, wobei sie im Vorbeigehen beinahe mit einer Hand über seine Haut fuhr. Sie drehte das Wasser auf und spritzte sich welches ins Gesicht. Alles, um die Hitze in ihrem Körper herunterzufahren.

Sie dachte gerade darüber nach, selbst zu duschen, als es an der Tür klopfte. Vermutlich der Zimmerservice. So wie sie ihre Schwester kannte, hatte sie Speisen oder Wein geschickt.

Sie lag in beiderlei Hinsicht falsch. Als sie herauskam, war es gerade noch rechtzeitig, um zu sehen, wie Asher die Tür für eine Frau öffnete, die quiekte: »Ich bin so froh, dass du hier bist!« Dann warf die Fremde sich ihm an den Hals.

Val drehte beinahe durch. Warum? Ihr war egal, wer Asher umarmte.

Er hatte zugegeben, eine männliche Hure zu sein. War das die berüchtigte Frau seines Cousins, die zu seiner Verbannung geführt hatte?

Er drehte sich, einen Arm um die Schultern der jungen Frau gelegt, und strahlte. »Val, ich möchte dir meine kleine Schwester Winnie vorstellen. Winnie, sag Hallo zu meiner Verlobten Valencia.«

»Verlobte!« Weiteres Gequieke folgte, zusammen mit einigen Schlägen, als seine Schwester ihm in die Rippen stieß. »Du Arsch. Du hast uns nie gesagt, dass du ernsthaft mit jemandem zusammen bist.«

»Es war plötzlich«, warf Val ein, deren grünäugiges Monster sich zurückzog, jetzt, da sie wusste, dass es keinen Grund zur Eifersucht gab. Ganz zu schweigen von der Tatsache, dass sie sich nie darum hätte scheren sollen.

»Ich kann es nicht glauben. Ich bekomme endlich eine Schwester«, verkündete Winnie, bevor sie in Tränen ausbrach.

KAPITEL ELF

Beim Anblick von Tränen verfiel Asher in Panik. »Winnie, nicht weinen.«

»Es sind Freudentränen«, plapperte sie. »Ich wollte immer eine Schwester.«

»Wir sind noch nicht verheiratet«, warf Val ein, die aussah, als wollte sie die Flucht ergreifen.

»Ich weiß. Aber das werdet ihr. Ich kenne Asher. Er hätte dich nicht mitgebracht, wenn es nicht ernst wäre.« Winnie wischte sich über die Wangen. »Sieh mich an. Ein hormonelles Durcheinander.«

»Immer noch ein großer Softie. Du siehst großartig aus, Schwesterherz.«

Winnie strahlte. »Jetzt schon. Du hättest mich im ersten Trimester sehen sollen, als ich ständig gebrochen habe. Armer Gordie. Er hat wie ein wahrer Champion hinter mir her geputzt.«

»Was machst du hier?«, fragte Asher, der die Tür hinter ihr schloss.

»Dumme Frage. Weißt du, wie lange es her ist, seit ich dich persönlich gesehen habe?«, beschwerte sie sich.

Ein paar Jahre, seit er einen Ausflug geplant hatte, um sich mit ihr in Calgary zu treffen, weit weg von Rocco und seinem Vater. »Wir telefonieren jede Woche per Video.«

»Nicht dasselbe«, schmollte sie, bevor sie ihre Aufmerksamkeit auf Val richtete. »Ich freue mich so, dass du jemanden gefunden hast.«

»Sie hat eher mich gefunden. Sie ist die beste Freundin von Meadow, Roks zukünftige Frau.«

Winnie klatschte in die Hände. »Oh, das ist einfach perfekt. Beste Freunde, die beste Freunde heiraten. Und alle wohnen zusammen auf der Farm.«

Asher konnte sehen, wie Val in Panik verfiel, also sagte er schnell: »Wir haben noch nicht entschieden, wo wir wohnen werden. Val ist mehr ein Stadtmädchen.«

»Stadt im Sinne von Edmonton?«, fragte sie hoffnungsvoll.

»Eigentlich Calgary«, antwortete Val.

»Was trotzdem näher ist als dort, wo ihr jetzt seid.« Winnie nickte. »Ich kann immer noch nicht glauben, dass du verlobt bist. Ich will alles wissen.«

»Es gibt nicht viel zu erzählen. Es war ein stürmisches Liebeswerben. Aber wie könnte ich diesem

Hundeblick widerstehen?« Val näherte sich ihnen und kniff in seine Wangen, während sie gurrte: »So niedlich.«

Es war zu viel, aber seine Schwester grinste und schluckte es. »Immer süßer, als es gut für ihn ist. Du kannst dir nicht vorstellen, wie sehr ich mich freue zu wissen, dass er jemand Besonderes gefunden hat.«

Er legte einen Arm um Vals Taille und zog sie an sich. »Sie ist auf jeden Fall besonders.« Eine gedehnte Antwort, die ihm einen Ellbogen in die Rippen einbrachte.

»Ich bin am Verhungern. Wir wollten gerade zu Abend essen. Willst du dich uns anschließen?«, fragte Asher.

Seine Schwester lachte. »Als würde ich Essen ablehnen. Aber ich bin dir einen Schritt voraus, großer Bruder. Ich habe das Baby zu Hause bei Gordie gelassen, um herzukommen. Mom ist unten und besorgt uns einen Tisch.«

»Mom ist auch hier?« Er konnte sich das Lächeln nicht verkneifen. Es war zu lange her, seit er sie umarmt hatte.

»Als würde sie mich allein herkommen lassen.« Winnie verdrehte die Augen. »Bereit?«

»Gib mir nur eine Sekunde, um mich frisch zu machen.« Val ging zu ihrem Koffer, um frische Klamotten zu holen, bevor sie das Badezimmer betrat.

Erst als der Ventilator und das Wasser angestellt

wurden, lehnte er sich zu ihr, um zu flüstern: »Sie weiß nicht, was wir sind.«

»Ist sie nicht deine Gefährtin?«

»Ja.« Dieser Teil war keine Lüge. »Ich habe sie noch nicht beansprucht.«

»Aber ihr seid verlobt.« Seine Schwester wirkte und klang verwirrt.

»Lange Rede, kurzer Sinn, sie glaubt nicht an Sex vor der Ehe.«

Seine Schwester lachte so sehr, dass sie sich mit den Händen auf die Brüste schlug und quiekte. »Hör auf, Witze zu machen, ich nässe mich noch ein.«

»Nicht so witzig«, grummelte er.

»Was ist nicht witzig?«, fragte Val, die mit frisch gekämmten Haaren herauskam. Ihre reine Haut war feucht vom Waschen. Ihre Wimpern waren von Natur aus dunkel und dicht, aber sie hatte Lipgloss auf ihre Lippen aufgetragen. Kirschgeschmack.

Lecker.

»Meine Schwester hat sich gerade über mich lustig gemacht, weil ich mich so schnell in dich verliebt habe, Prinzessin.«

»Was soll ich sagen? In dem Moment, in dem wir uns trafen, habe ich etwas für ihn empfunden. Und es war keine Magenverstimmung. Es war Liiiiebe, oder, mein großer, haariger Wookiee?« Val trug dick auf, und verdammt, wenn es ihm nicht gefiel.

Aber der Name? »Wookiee? Was ist mit Babe

passiert?« Er wählte einen Kosenamen, mit dem er leben konnte.

Als würde Val zustimmen. »Alle benutzen Babe. Unsere spontane Liebe verdient etwas Besseres. Etwas Einzigartigeres. Etwas, das mehr du ist.«

»Mir gefällt es«, verkündete Winnie. »Ich fand immer, dass du wie einer klingst.«

»Tue ich nicht«, brummte er.

Val zog eine Augenbraue hoch. »Nicht?«

Winnie kicherte. »Oh, das ist so lustig. Warte, bis Mom sie kennenlernt.«

Im Gegensatz zu seiner begeisterten Schwester – und belustigten vorgetäuschten Verlobten – war Asher nervös. Würde seine Mutter ihre Scharade direkt durchschauen?

Sie gingen nach unten, um seine Mutter zu finden, die ihnen vom hinteren Ende des Restaurants an einem Tisch neben der Schwingtür der Küche aus zuwinkte.

Val warf einen Blick darauf und sprach die Hostess an. »Dieser Tisch wird nicht genügen.«

»Es tut mir leid, Ma'am, das ist alles, was wir so kurzfristig verfügbar hatten.«

Val zog eine Augenbraue hoch. »Sind Sie sich da sicher?«

Etwas in ihrem Tonfall musste die Hostess aufmerksam gemacht haben. Sie starrte Val an und murmelte: »Oh je. Sie sind Miss Ferraris Nichte.« Die junge Frau wirkte recht nervös. »Einen Moment, bitte.

Es scheint, als hätten wir Sie an den falschen Tisch gesetzt. Anthony!« Sie schnippte mit den Fingern, um die Aufmerksamkeit des Kellners zu erregen. »Bring Tisch neunundvierzig in den VIP-Raum.«

»Was? Warum?« Winnie schien verwirrt.

Asher beugte sich zu ihr, um zu murmeln: »Val ist die Nichte der Besitzerin.«

»Oh. Cool.« Seine Schwester hatte kein Problem damit, einen besseren Platz zu bekommen. Was seine Mutter anging, sie wirkte verwirrt, als sie näher kam, was sich aber schnell zu Freude darüber änderte, ihn zu sehen.

»Asher.« Mom griff nach ihm und umarmte ihn fest.

Er erwiderte ihre Umarmung. Lang und vermutlich unangenehm für diejenigen, die zusahen. Pech. Als sie sich schließlich trennten, hielt er einen Arm um sie gelegt und drehte seine Mutter zu Val. »Mom, ich würde dir gern jemand Besonderes vorstellen. Das ist Valencia, meine Verlobte.«

»Es freut mich, Sie kennenzulernen, Ma'am.« Val machte keinen Knicks, senkte jedoch den Kopf.

»Komm mir nicht mit Ma'am. Ihr seid verlobt. Nenn mich Mom.« Schnell warf sich seine Mom Val an den Hals, die angesichts der Umarmung einen panischen Ausdruck in die Augen bekam. »Noch eine Tochter. Was für eine reizende Überraschung. Und bald noch mehr Enkel. Ich bin so gesegnet.«

Während seine Mutter und Schwester ihrem

Kellner zum neuen Tisch folgten, beugte Asher sich nahe genug, um zu flüstern: »Bereust du dein Angebot schon?«

Sie warf ihm ein Grinsen über ihre Schulter hinweg zu. »Wie viele Babys bekommen wir, Wookiee? Zwei, drei, vier, damit wir unser eigenes Hockey-Team gründen können?«

Seine Mutter und Schwester strahlten während der ganzen Mahlzeit und verstanden sich prächtig mit Val. Sie empfanden die sarkastische Art, auf die sie mit ihm umging, als höchst unterhaltend.

Als Val sich entschuldigte, um auf die Toilette zu gehen, verkündete seine Mutter: »Ich mag sie sehr, Ashie. Sie ist genau die Art starker Frau, die du in deinem Leben brauchst. Obwohl ich überrascht bin zu hören, dass sie religiös ist. Sie scheint nicht der Typ zu sein.«

Nein, der war sie nicht, mit ihren schwingenden Hüften und dem forschen Blick.

»Sie ist das Warten wert«, versicherte Asher ihr, auch wenn seine Kavaliersschmerzen ihn von etwas anderem überzeugten.

»Warte nicht zu lange. Du willst nicht, dass sich der Paarungsinstinkt in ein Fieber verwandelt«, warnte seine Mutter.

Das Paarungsfieber war ein angebliches Leiden, das diejenigen traf, die der Leidenschaft nicht nachgaben und ihren bestimmten Gefährten nicht beanspruchten.

»Mach dir keine Sorgen um mich, Mom.« Er erwartete, sich wegen des Lügens schlecht zu fühlen, aber das, was aus seinem Mund kam, war nicht gerade falsch. Er wollte Val. Er konnte eine Zukunft mit ihr sehen. Verdammt, seit das Thema aufgekommen war, hatte er es sich anders überlegt. Er konnte sich jetzt sogar mit Kindern sehen. Mindestens ein Junge und ein Mädchen, das genauso lebhaft war wie seine Mutter.

»Oh, oh.« Seine Mutter versteifte sich und Asher musste sich nicht umdrehen, um hinzusehen. Er spürte die Ankunft eines anderen Werwolfes. Er erkannte Roccos nervige Stimme, der natürlich an ihrem Tisch stehen bleiben musste, mit einer Frau am Arm, die nicht seine Ehefrau war.

»So viel dazu, dass dieser Bereich hier VIP ist«, murmelte er. Er hasste den kurzen Ausdruck von Angst im Gesicht seiner Mutter und Schwester, als der Sohn des Alphas an ihrem Tisch anhielt.

Scheiß auf höfliche Nettigkeiten. Der Mistkerl brummte: »Sieh an, sieh an, wer nach Hause gekommen ist. Ohne Erlaubnis. Hast du vergessen, was dir gesagt wurde?«

Winnie eilte ihm zur Rettung. »Asher hat seine Gefährtin gefunden. Sie sind verlobt und werden heiraten.«

»Wirklich?«, erwiderte Rocco. »Ich sehe sie nicht. Ist sie unsichtbar?«

»Sie ist genau hier.« Val erschien hinter dem Mann

und hatte nur einen kalten, hochmütigen Blick für Rocco übrig. Asher stand schnell auf, woraufhin sie sich an seine Seite drückte. »Entschuldige, Wookiee, ich wurde auf dem Weg zurück von einem Cousin aufgehalten.«

Rocco sah Val finster an. »Wer bist du?«

»Das geht dich nichts an.« Eis lag in ihren Worten.

Als würde Rocco zurückweichen. »Meine Stadt. Es geht mich etwas an.«

»Wie bitte? Jemand hat hier eine sehr hohe Meinung von sich.« Vals Wirbelsäule wurde steif. »Asher, wer ist dieser unhöfliche Blödmann, der unser reizendes Abendessen stört?«

»Rocco Durante.«

»Ah, der berüchtigte Cousin.«

Der Kerl grinste. »Ich sehe, du hast von mir gehört.«

»Ich wäre diesbezüglich nicht so selbstzufrieden.« Val musterte ihn von oben bis unten, bevor sie ihre Oberlippe zurückzog. »Ich kann sehen, warum du nicht in Kontakt geblieben bist. Ich habe auch keinen Nutzen für Widerlinge, selbst wenn sie zur Familie gehören.«

»So kannst du nicht mit mir reden, Schlampe«, knurrte Rocco.

Woraufhin Asher sehr leise antwortete: »Pass auf, wie du mit meiner Verlobten sprichst.«

Winnie mischte sich ein. »Ist das nicht fantastisch?

Mein Bruder ist verlobt. Es war Liebe auf den ersten Blick.«

Rocco blähte die Nasenlöcher auf. »Schwachsinn. Warte, bis mein Vater hört, dass du dich zurück in die Stadt gelogen hast.«

Bevor Asher sagen konnte, er solle sich verpissen, trat Val vor ihn. »Hör zu, kleiner Mann – und ich meine *klein* –, mir gefallen weder dein Tonfall noch deine Andeutungen. Asher ist mein Verlobter. Es mag vielleicht ein wenig stürmisch gewesen sein, aber nur weil wir entschieden haben, dass es keinen Sinn macht, Zeit zu verlieren. Und jetzt unterbrichst du mein Abendessen mit meiner reizenden neuen Mutter und Schwägerin.«

»Ich werde unterbrechen, wie ich es verdammt noch mal will, weil ich diese verdammte Stadt leite.« Rocco richtete sich auf. Sträubte sich. Die Aggression lag direkt unter der Oberfläche.

Val schien noch größer zu werden, während sie ihn anstarrte. »Nein, das tust du nicht.« Val hob eine Hand und schnipste mit den Fingern.

Wie gerufen erschien ein Hotelwachmann in dunkler Uniform. »Stört Sie diese Person?«

»Allerdings. Könnten Sie diesen Mann entfernen lassen, bitte?«, fragte Val, die dem rot werdenden Rocco keinerlei Aufmerksamkeit schenkte.

»Sofort, Ma'am.« Der Wachmann wandte sich Rocco zu. »Sir, es ist Zeit zu gehen.«

Als würde Rocco wortlos gehen. »Einen Teufel werde ich tun.«

»Das steht nicht zur Debatte, Sir. Entweder gehen Sie jetzt oder ich sehe mich dazu gezwungen, Sie gewaltsam zu entfernen.«

»Fick dich.«

Der Wachmann wollte Rocco packen, der zurücktrat.

»Fass mich verdammt noch mal nicht an. Ich will mit einem Manager sprechen.«

Val wirkte belustigt. »Mach nur. Erzähl meiner Tante, wie du ihre Lieblingsnichte beleidigt hast.«

Roccos Miene wurde finster. »Das ist noch nicht vorbei.«

»Das hätte ich auch nicht erwartet«, murmelte Asher. Er hatte gehofft, Rocco gänzlich aus dem Weg zu gehen, aber jetzt, da sich der Mann beleidigt fühlte …

Gut, dass sie nicht lange bleiben würden. Die Taufe war morgen. Sie konnten am Morgen darauf losfahren, oder sogar am selben Abend, wenn die Dinge zu angespannt wurden.

Rocco stolzierte hinaus, und es wäre vielleicht das Ende ihres Abends gewesen, wenn Val nicht strahlend verkündet hätte: »Wer hat Lust auf Nachtisch? Ich höre, der Chefkoch macht fantastische Mousse.«

Es gab auch Wein, von dem selbst Winnie ein Glas trank, da sie bereits ein wenig Milch für das Baby abgepumpt hatte. Seine Mutter wurde recht albern und er bekam eine sanftere Seite von Val zu sehen, die an ihn gerichtetes Lächeln und aufrechtes Gelächter beinhaltete.

Als sie sich schließlich trennten, mit Umarmungen und Versprechen, einander am nächsten Morgen zu sehen, legte er einen Arm um die beschwipste Val, um sie in ihr Zimmer zu führen.

»Ich kann allein gehen«, erklärte sie, wobei sie vom Rand der Aufzugtür abprallte.

»Das sehe ich.«

Als sich der Aufzug in Bewegung setzte, schwankte sie, woraufhin er sie stabilisierte. Zu seiner Überraschung lehnte sie sich in seine Umarmung.

»Ich glaube, das ist gut gelaufen«, murmelte sie.

»Meine Familie mochte dich.«

»Die beiden waren nicht schrecklich.« Sie blickte zu ihm auf. »Ich mag es nicht, sie anzulügen.«

»Ich auch nicht.« Aber die Alternativen waren rar gesät. Val und seine Familie hinter sich lassen oder seine Gefährtin beanspruchen und sie dann irgendwie den Eid schwören lassen, damit er sein Geheimnis offenbaren konnte. Machbar, aber was dann? Stadtmädchen und Landjunge. Wie sollte das funktionieren?

Es war sein Gewissen, das ihn erinnerte: *Du hast nicht immer in der hintersten Provinz gelebt.* Vor langer Zeit hatte es ihm gefallen, mitten im Getümmel zu wohnen.

Die Aufzugtüren öffneten sich und er hielt seine

Hand an Vals Kreuz, als sie den Flur entlangging. Asher wollte ihr gerade in das Zimmer folgen, hielt jedoch inne, als er Bewegung hinter dem beschlagenen Fenster der Tür zum Treppenhaus sah.

Es konnte ein Gast sein, oder Rocco, der einen weiteren Überfall plante.

»Bringen wir dich ins Bett«, sagte er und führte Val zuerst ins Badezimmer. Als sie herauskam, reichte er ihr ein T-Shirt von sich, anstatt in ihren Sachen herumzuwühlen.

Sie musterte ihn. »Das ist nicht meins.«

»Zieh es an. Ich habe das Gefühl, dass wir vielleicht einen morgendlichen Besucher bekommen.«

Sie zog die Oberlippe zurück. »Wider dein fieser Cousin?«

»Fraglich. Er ist mehr der Typ für Überfälle im Schatten. Aber meine Schwester könnte entscheiden, dass wir Kaffee und Donuts brauchen.«

»Und dein Hemd hilft, es echt aussehen zu lassen. Verstanden.« Sie begann, ihr Top auszuziehen.

Oh verdammt. Er wirbelte herum, bevor er zu viel Haut sah.

»Ich bin ein wenig ruhelos. Ich werde einen Spaziergang machen, bevor ich ins Bett gehe.«

»Wirst du allein sicher sein?«

Da draußen war er sicherer als hier mit ihr, wo er vielleicht das Unvorstellbare tun würde. »Ich komme klar. Geh ins Bett. Ich bin bald zurück.«

Er floh, bevor sie an seiner Entschlossenheit zerrte.

Er lehnte sich einen Moment lang an die Hotelzimmertür, bevor er das Treppenhaus betrachtete.

Vermutlich nichts. Aber nur für den Fall wollte er Val keiner möglichen Gewalt aussetzen. Ganz zu schweigen davon, dass er etwas brauchen könnte, um ein wenig Dampf abzulassen. Er hoffte fast, Rocco zu finden, als er die Tür öffnete.

Stattdessen stöhnte er, als der wartende Kit sagte: »Ich bin froh, dass Sie es sich anders überlegt haben.«

Der rothaarige Mann setzte sich entspannt auf die Stufen.

»Wie lange schleichst du schon hier herum?«, grummelte Asher.

»Lange genug, um zu wissen, dass Sie Rocco Durante gesehen haben.«

»Das habe ich. Und nur zur Info, er ist immer noch ein Arschloch.«

»Ein Arschloch zu sein reicht nicht aus, um ihn bestrafen zu lassen. Wir brauchen mehr.«

Asher fuhr sich mit einer Hand durchs Haar. »Mehr wovon?«

»Beweise für ein Verbrechen. Verstöße gegen die Werwolfregeln.« Das Lykosium war darauf bedacht, sich an die Gesetze der Menschen zu halten. Je weniger Gründe sie hatten, festgenommen und prüfenden Blicken unterzogen zu werden, desto besser.

»Ich sehe immer noch nicht, wie ich helfen soll. Unser Treffen ist nicht gut gelaufen.«

»Ich bin mir sicher, Sie werden sich etwas einfallen lassen.«

»Was, wenn ich mich nicht einmischen will?«

Kit stand auf und sagte ausdruckslos: »Ist das wirklich die Antwort, die ich dem Lykosium überbringen soll?«

»Nein.« Es war leicht schmollend.

»Melden Sie sich, wenn Sie etwas finden.«

»Wie?«

»Ich bin in Ihren Kontakten.«

Asher fragte nicht, wie er das geschafft hatte, da sein Handy den ganzen Abend über in seiner Tasche gewesen war. »Was, wenn ich nichts finde?«

»Wir wissen beide, dass das nicht wahrscheinlich ist. Oder ratsam. Ich höre, Sie sind mit einem Menschen verlobt.« Kit blickte an ihm vorbei zur Korridortür.

»Val weiß nichts über uns«, sagte er schnell.

»Noch nicht. Denken Sie an die Regeln«, warnte Kit. »Euer Alpha hatte Glück mit seiner Gefährtin.«

»Ich weiß.«

Rok hätte Meadow beinahe verloren, weil sie vom Werwolfgeheimnis erfuhr, bevor sie den Eid geschworen hatte.

»Ich werde darauf warten, von Ihnen zu hören.« Der Mann verschmolz mit den Schatten des Treppenhauses, wobei er hoch, nicht runter ging.

Verrückter Mistkerl. Warum hatte er keinen Geruch?

Asher wartete noch einen Moment länger, bevor er in das Hotelzimmer und zu einer leise schnarchenden Val zurückkehrte.

Er starrte sie kurz an. Beanspruchen oder nicht beanspruchen. Er begann zu überlegen, ob das überhaupt eine Frage war.

KAPITEL ZWÖLF

Val wachte auf und streckte sich. Erst als sie sich in dem unbekannten Bett drehte, fiel ihr ein, wo sie war – und mit wem.

Asher.

Ein Mann, der jeden einzelnen ihrer Sinne entfachte. Kein Wunder, dass sie ihn praktisch anflehte, ihn zu vögeln, wenn sie sich betrank. Aber nutzte er das aus? Nein! Er entschied sich, ein verdammter perfekter Gentleman zu sein und zu gehen.

Er hält mich vermutlich für eine Schlampe.

Diesen Gedanken korrigierte sie, denn eine Frau zu sein, die Sex genoss, machte sie einfach nur gesund und normal. Allerdings hatte er sie jetzt zweimal zurückgewiesen. Sie musste wirklich aufhören, über ihn zu fantasieren, denn er hatte offensichtlich das Interesse verloren.

Asher lag ausgebreitet im Bett ihr gegenüber, die Decke weggezogen und nur in Shorts. Sonst nichts.

Verdammt, das war viel schöne Haut zu bestaunen. Muskulös. Gebräunter Arbeiterstil, wobei die Ränder an seinen Oberarmen und am Hals zu sehen waren.

Natürlich erwischte er sie beim Starren und schenkte ihr ein träges Lächeln. »Morgen, Prinzessin.«

»Hey Wookiee.«

Er stöhnte. »Kannst du dir nicht etwas Besseres einfallen lassen?«

»Du hast bisher jeden Vorschlag gehasst.«

»Ich bin mit Babe einverstanden. Sogar Schatz.«

»Langweilig. Wie wäre es mit Schätzchen?«

»Niemand wird je glauben, dass du der Typ dafür bist.«

»Gutes Argument.«

»Hengst hingegen ...«

Sie prustete. »Das bleibt abzuwarten.«

»Ist das eine Beschwerde?«

»Ja. Warum musst du immer ein Gentleman sein?« Mit diesem Vorwurf stapfte sie ins Badezimmer. Als sie wieder herauskam, war er noch immer nicht angezogen, seine Brust war nackt und zeigte ein paar Haare, die an seiner Taille zu einem V zusammenliefen. Er hatte die Hände hinter dem Kopf verschränkt und sah sich ausgerechnet den Wetterkanal an.

»In den nächsten Tagen soll es stark regnen«, erklärte er.

Sie runzelte die Stirn. »Ich habe Meadow gesagt, sie soll morgen mit den Mädchen für den Junggesellinnenabschied da sein. Wird es sicher sein, zu fahren? Wie sollen sie überhaupt herkommen? Der Pick-up ist kaputt.«

»Gary hat eine alte Buick Limousine in der Garage. Das Ding ist in einwandfreiem Zustand und gebaut wie ein Panzer. Der Wagen kann damit umgehen.«

»Sagst du.«

»Rok wird ihr nichts zustoßen lassen.«

»Hmpf.« Es schmerzte ein wenig, dass jemand anderes die Person sein würde, auf die Meadow sich verließ. Auch wenn sie mittlerweile mit ihrem Job mehr zu tun hatte, mochte Val es, diejenige zu sein, an die Meadow sich wandte.

»Sei nicht so zimperlich. Sie wird klarkommen. Genau wie du, mein Kontrollfreak von Prinzessin.«

»Sagt der Mann, der nicht die unglaublichste Party plant.«

»Sagt wer? Du bist nicht diejenige, die einen Abschied plant.«

»Lass mich raten, Stripperinnen und Bier.«

Sein breites Grinsen enthielt nicht einen Funken Reue, als er erwiderte: »Du hast Unfug vergessen. Oder hast du nicht *Hangover* gesehen?«

»Ich habe den ersten Film gesehen. Das hat gereicht.«

»Würdest du dich besser fühlen, wenn ich sage, dass ich nie trinke?«

»Warum nicht?«, fragte sie. Es war ihr nicht aufgefallen, dass er am Abend zuvor den Wein gemieden hatte. Tatsächlich hatte sie ihn noch gar nicht trinken sehen. Aber sie hatten sich auch erst vor ein paar Tagen kennengelernt, was kaum genug Zeit war, um all seine schlechten Angewohnheiten zu kennen.

»Ich habe Fusel und Drogen abgeschworen, nachdem es mich in Schwierigkeiten gebracht hatte, als ich jünger war. Der Mist hat mich dumm gemacht. Ich habe geschworen, ihn nie wieder anzurühren.«

»Vermisst du es?«

»Nein. Wie sich rausstellt, brauche ich keinen Alkohol, um Spaß zu haben. Und wenn ich der Nüchterne bin, bedeutet das, dass es keine peinlichen Videos von mir gibt, wie ich den Macarena tanze.«

Sie lächelte. »Ich wünschte, ich könnte dasselbe sagen.« Ein gewisses Hochzeitsvideo eines Cousins zeigte sie nicht nur, wie sie sich zu dem bekannten Tanz bewegte, sondern auch den Conga tanzte.

»Ist es für dich immer noch in Ordnung, das Baby vor der Taufe zu sehen? Du kannst einen Rückzieher machen, wenn du willst.«

»Eine gute Verlobte würde das nicht verpassen. Außerdem mag ich deine Familie.« Eine Überraschung, die sie aus Versehen zugab. »Sie sind alle ziemlich fantastisch, und ihr steht euch offensichtlich nahe, was es noch seltsamer macht, dass du dich darum scherst, was ein Stück Scheiße sagt.«

»Dieses Stück Scheiße hat viele Freunde.«

»Genau wie du.«

Er zog eine Augenbraue hoch. »Willst du andeuten, dass ich sie in die Stadt bringen und Rocco und seine Kumpel zu Brei schlagen soll?«

»Das wäre eine Lösung.«

Seine Mundwinkel zuckten. »Nur dass ich mehr ein Fan von Liebe als von Krieg bin.«

»Ich kann nicht glauben, dass du lieber eine Verlobung vortäuschst«, sagte sie kopfschüttelnd.

»Ich weiß wirklich zu schätzen, was du tust.«

»Was auch immer.« Sie wies das Dankeschön zurück. »Ich kann nicht glauben, dass er so ein kleinkarierter Arsch ist, dass er nach zehn Jahren noch einen Groll hegt. Ich muss sagen, seine Frau sah jünger aus als erwartet.«

»Das war nicht seine Frau.«

Ihr Mund wurde rund. »Oh. Dann ist er ein noch größerer Idiot. Er betrügt sie und verhält sich dir gegenüber trotzdem wie ein Arschloch?«

»Ja.«

»Vielleicht sollte es jemand seiner Frau sagen.«

Daraufhin seufzte er. »Das würde nichts bringen. Ich bin mir sicher, sie weiß es bereits.«

»Ich würde einen Mann kastrieren, der mich betrügt.«

»Warum sollte dir irgendjemand untreu sein? Du

bist perfekt.« Seine Augen wurden groß, als hätte er den letzten Teil nicht aussprechen wollen. »Ich sollte duschen.«

Er rannte förmlich los, um sich im Badezimmer zu verstecken, wo er nachdenklich die Tür anstarrte. Er mochte sie. Warum also hatte er sie seit dieser leidenschaftlichen Umarmung, als sie ihn abgeschleppt hatte, nicht angerührt?

Als er fertig war, mussten sie aufbrechen, wenn sie Zeit haben wollten, um Geschenke zu kaufen. Sie holten sich Frühstück in einem Café, bevor sie ein paar Geschäfte besuchten. Dann war es an der Zeit, gesellig zu sein.

Seine Schwester wohnte in einem Reihenhaus, bei dem man weiter weg parken und zurückgehen musste. Hand in Hand. Asher erwischte sie dabei, wie sie auf ihre verschränkten Hände hinunterblickte. Entspannt und doch angenehm.

»Was ist los?«, fragte er.

»Ich habe noch nie mit einem Kerl Händchen gehalten.«

»Warum nicht?«

»Ich weiß nicht.« Die ehrliche Antwort. Aber sie würde vermuten, dass es mit ihrer unabhängigen Art zu tun hatte. Die meisten Männer behandelten sie als knallharte Frau, praktisch unantastbar, und sie ermutigte es. Asher sah das Durchsetzungsvermögen und respektierte es, während er sie wie eine Frau behandelte. Es bedeutete, dass er Türen für sie öffnete. Ihr

Stühle herauszog und sogar stehen blieb, bis sie saß. Er hielt Händchen und erlaubte ihr vorzugehen, als der Gehweg schmaler wurde.

Sie genoss es mehr als erwartet.

Die Tür wurde aufgerissen, bevor sie klopfen konnten, und Winnie kreischte laut genug, sodass es die ganze Nachbarschaft hörte. »Onkel Ashie und Tante Val sind da!«

Tante Val? Es war ihr nie in den Sinn gekommen, dass diese Scharade Ashers Schwester dazu veranlassen würde, sie so bereitwillig in die Familie aufzunehmen.

»Warte eine Sekunde. Ich habe die Geschenke vergessen.« Asher sprintete los zum Geländewagen.

Glücklicherweise hatte sie es geschafft, ihm den riesigen Stoffbären und das Schlagzeug auszureden, aber ihr gefiel die Lampe, die Sterne an die Decke warf und weißes Rauschen erzeugte. Er zog nur die Augenbrauen hoch, als sie ein paar lächerlich mädchenhafte Kleider kaufte.

Er kehrte mit den Geschenken zurück und Winnie schüttelte den Kopf. »Du weißt, dass es Geschenk genug ist, euch hierzuhaben.«

»Wenn ich meine Nichte verwöhnen will, werde ich das tun! Wo ist sie? Onkel Ash muss sie halten«, verkündete er.

Das Betreten des Hauses bedeutete, mit Babysachen bombardiert zu werden. Eine Schaukel im Wohnzimmer, zusammen mit etwas, das Winnie als

Babywippe bezeichnete. Ein Babymonitor auf der Küchentheke zeigte einen Mann, der sich über ein Kinderbett beugte und ein kleines Bündel hochhob.

Das Baby war süß mit feinen Wimpern und einem kleinen, knospenähnlichen Mund. Aber was wirklich ein sehnsüchtiges Gefühl in ihrem Inneren auslöste?

Zu sehen, wie Asher das Baby hielt, mit sanfter Miene und sicherem Griff. Was für einen Vater würde er abgeben? Sie hatte sich oft gefragt, was für eine Art Mutter sie wäre. Hoffentlich nicht so nachlässig wie ihre eigene, die, einschließlich ihres Vaters, zu sehr mit dem eigenen Leben und den dazugehörigen Lastern beschäftigt war, um einem Kind Aufmerksamkeit zu schenken. Ihr Vater liebte Glücksspiel. Ihre Mutter Tabletten.

Sie waren während ihrer Zeit auf dem College bei einem Autounfall gestorben. Sie erinnerte sich immer noch, wie sie an ihren Gräbern stand und sich wünschte, sie könnte weinen, aber nur Erleichterung empfand.

»Du bist dran, Tante Prinzessin«, erklärte Asher, der das Baby ausstreckte.

Val erwiderte sein Grinsen mit bösem Blick, nahm aber vorsichtig das Kind entgegen, das einen pinkfarbenen Strampler trug. Sie war so winzig und blickte Val aus strahlend blauen Augen an, während ihr dunkler Haarschopf beinahe lang genug war, um eine kleine Schleife hineinzubinden.

Zu ihrer Überraschung legte Asher einen Arm um

sie und murmelte: »Ich dachte nicht, dass du noch heißer aussehen kannst.«

Die Bemerkung überraschte sie, und das war das Foto, das Winnie schießen konnte. Ein Foto, das sie auf ihrem Handy immer wieder ansah, nachdem Winnie es ihr geschickt hatte. Sich selbst zu sehen, Asher und dieses Baby, löste in ihr plötzlich die Sehnsucht nach etwas aus, von dem sie nie wusste, dass sie es wollte, jetzt aber vielleicht brauchte.

Eine eigene Familie.

KAPITEL DREIZEHN

Zu sehen, wie Val seine Nichte hielt, drehte etwas in Asher. Oder verstärkte, was er von dem Moment an gewusst hatte, in dem sie sich trafen.

Sie ist meine Gefährtin.

Scheinbar war es egal, dass sie absolute Gegensätze waren. Je mehr Zeit er mit ihr verbrachte, desto schwieriger wurde es, die unter seiner Haut brodelnde Leidenschaft zurückzuhalten. Mit ihr im selben Zimmer zu schlafen, so nahe zu sein, würde er nie überleben. Das Beste, was er an diesem Punkt tun konnte, war, die Dinge langsam anzugehen. Val an die Vorstellung heranzuführen, dass sie füreinander bestimmt waren. Dann sein Geheimnis offenbaren und sie den Eid schwören lassen.

Aber was, wenn sie sich weigerte? Oder ihn mit ihrer kleinen Waffe erschoss?

Es war besser, wenn er starb, als dass sie sein

Geheimnis erfuhr und nicht gebunden war, denn die Konsequenzen für sie wären fatal. Das Wissen über die Existenz von Werwölfen musste um jeden Preis geschützt werden. Selbst wenn es bedeutete, ein Leben zu nehmen.

Das Mittagessen war eine ausgelassene Angelegenheit. Das Baby wurde herumgereicht, auch wenn es die meiste Zeit schlief. Mom kam, um auszuhelfen, nicht dass Winnie das bräuchte. Ihr Mann hatte den von seinem Arbeitsplatz angebotenen Vaterschaftsurlaub in Anspruch genommen. Ein Mann, der keine Angst hatte, Vater und Partner für seine Gefährtin zu sein. Asher mochte den Kerl, besonders als Gordie rief: »Gott sei Dank ist noch ein anderer Kerl hier. Vielleicht werde ich jetzt nicht jedes Mal überstimmt.« Woraufhin die Frauen lachten.

Die Taufe, die für den Nachmittag angesetzt war, würde in einer Kirche stattfinden. Gordie mochte vielleicht ein Werwolf sein, aber er kam aus einer Familie und einem Rudel mit starkem protestantischen Bewusstsein.

Zu Ashers Überraschung war es Val, die das Gesicht verzog, als sie die heilige Stätte betraten. »Das bringt unangenehme Erinnerungen an Sonntagmorgen zurück.«

»Waren deine Eltern religiös?«, fragte er.

»Nein. Aber meine Großeltern, und sie haben darauf bestanden, mich jeden Sonntag mitzunehmen, damit meine heidnischen Eltern mich nicht verderben.

Als Kind hat es mir nichts ausgemacht, aber die Teenagerzeit, als ich gern ausgeschlafen habe, war hart.«

»Ich kann dich nicht als braves katholisches Mädchen sehen.«

»Nur weil ich nicht meinen karierten Rock und die weiße Bluse angezogen habe.« Sie zwinkerte und das Bild, das sie darstellte, war eindeutig eine Sünde.

Definitiv etwas, das er sehen wollte.

Es waren einige Leute im Inneren. Gordies Familie saß auf der linken Seite – nicht viele, da der Alpha in dieser Gegend nicht zu viele Werwölfe von außerhalb in seiner Stadt wollte. Die Leute, die wegen Winnie da waren, also das Rudel, nahmen die Plätze auf der rechten Seite ein.

Jeder, der zufällig hineinspähte, hätte nicht gewusst, dass er zwei verschiedene Werwolfrudel betrachtete. Da sie Kanadier waren, zeigten beide Seiten eine Vielfalt im Aussehen. Groß, klein. Verschiedene Hautfarben. Laut, leise. Aber wenn man die äußerlichen Aspekte ignorierte, zusammen mit den künstlichen Düften, konnte er den Unterschied riechen. Ihn fühlen. Genau wie sie vermutlich seinen Duft bemerkten, der sich geändert hatte, als Rok zum Alpha ihres neu geformten Rudels wurde. Nova hatte einmal gescherzt, dass es das Äquivalent zu einem esoterischen Pinkeln sei, um eine erkennbare Spur zu hinterlassen.

Duft bedeutete in der Welt der Werwölfe alles, und alle hier wussten, dass Val den seinen nicht trug.

Hoffentlich würde das keine Probleme machen. Zu viele Augen verfolgten seinen Weg, als er den Gang entlang zu der reservierten Bank im vorderen Teil ging. Er nahm den Platz neben seiner Mutter ein, mit Val auf seiner anderen Seite. Sein scharfes Gehör bedeutete, dass er einen Teil des Geflüsters hinter ihm mitbekam.

»*Der hat vielleicht Nerven, dass er nach dem, was er getan hat, zurückkommt.*«

»*Mit einem Menschen verlobt. Was für eine Verschwendung.*«

»*Weiß Rocco es?*«

Ja, der Mistkerl wusste es, und Asher bezweifelte, dass Rocco seine Rückkehr einfach so auf sich beruhen lassen würde. Er bemerkte seine Ankunft als prickelndes Gefühl im Nacken, drehte sich jedoch nicht um.

Die Taufe lief gut, wobei das Baby sein Missfallen darüber kundtat, in das Becken getaucht zu werden. Der darauffolgende Empfang, der im Keller stattfand, verlief problemlos. Asher achtete darauf, Rocco und Bruce aus dem Weg zu gehen, der noch nichts zu ihm gesagt hatte. Nur für den Fall berührte Asher Val öfter als nötig, nicht nur, um die Tatsache zu verstärken, dass sie zusammen waren, sondern auch, weil er nicht anders konnte.

Im Gegenzug lächelte sie ihn oft an und neigte dazu, sich an ihn zu lehnen, wobei sie den Arm um seine Taille legte, wenn neue Leute näher kamen, um

Hallo zu sagen. Überraschenderweise waren es mehr Leute als erwartet.

Er hatte sich darauf vorbereitet, ein Ausgestoßener zu sein und gemieden zu werden, aber auch wenn wenige ein paar nervöse Blicke in Richtung der herrschenden Durantes warfen, schienen die meisten aufrichtig froh zu sein, ihn zu sehen. Erst als Val sich zurückzog, um die Damentoilette aufzusuchen, kam die eine Person näher, auf die er hätte verzichten können.

»Hi Asher.« Melindas leises Murmeln ließ ihn den Kiefer anspannen, bevor er sich umdrehte.

Er hatte sie in der Kirche gesehen, so schön wie immer. Eine Schönheit, die ihn kaltließ. Anders als in den Tagen seiner dummen Jugend empfand er keinen Rausch der Aufregung, als er sie sah. Keinen Stich der Sehnsucht. Nur Ärger.

»Was willst du?«, fragte er knapp.

Sie schien erstaunt, zog sich aber nicht zurück. »Es ist schön, dich zu sehen.«

»Ist es das?« Er zog eine Augenbraue hoch und lächelte nicht.

»Du bist immer noch wütend.« Sie schob die Unterlippe hervor.

»Was hast du erwartet?«

»Ich weiß nicht. Aber ich bin froh, dass du hier bist, damit ich dir sagen kann, dass es mir leidtut, was vor all den Jahren passiert ist. Ich wünschte, ich könnte zurückgehen und die Dinge ändern.«

»Du bist nicht die Einzige, die die Dinge anders machen würde.«

Sie missverstand seine Worte. »Rückblickend hätte ich sehen sollen, dass du die bessere Wahl warst.«

»Wahl? Du hast mich als deinen letzten Fick vor der Ehe benutzt.«

Seine Worte waren grob genug, dass Wut aufflackerte, aber Melinda erholte sich schnell. »Weil ich dich wirklich mochte. Ich habe seither so oft nachgedacht. Ich wünschte, ich wäre mutiger gewesen. Dass ich Rocco die Stirn hätte bieten und mit dir hätte zusammen sein können. Aber ich hatte Angst.«

Er schnaubte. »Das ist Schwachsinn, und das weißt du. Du wolltest die Macht, die er geboten hat.«

Sie befeuchtete ihre Unterlippe, eine Sache, die ihn früher verrückt gemacht hatte, die er jetzt aber als gekünstelt erkannte. »Ich lag falsch. Das sehe ich jetzt.«

»Und doch bist du immer noch mit ihm verheiratet.«

»Weil ich Angst habe. Ich bin nicht groß und stark wie du.« Sie versuchte es mit sanfter Schmeichelei.

Es rührte ihn nicht. »Dein Mann ist dein Problem. Nicht meins.«

»Du hast mich einmal geliebt.«

»Und es wurde darauf herumgetreten. Wortwörtlich. Wie du sehen kannst, bin ich weitergezogen.«

Sie zog die Oberlippe zurück. »Mit einem Menschen.«

»Sie ist meine Gefährtin.«

»Und doch trägt sie nicht deinen Geruch«, merkte Melinda scharf an.

»Weil sie Moral hat.« Das war alles, was er sagte, und doch zuckte Melinda zurück, bevor sie fauchte: »Wir wissen beide, dass sie nicht richtig für dich ist.«

»Da liegst du falsch. Entschuldige mich.« Er verabschiedete sich von Melinda, als er Val zurückkehren sah, die nach ihm suchte.

Eine Sekunde lang wurde ihre Miene sanfter, als ihre Blicke sich trafen, dann wurde sie härter, als sie an ihm vorbeiblickte. Eifersucht schimmerte in ihren funkelnden Augen. Als könnte ihr Melinda, oder irgendeine andere Frau, das Wasser reichen.

Er ging in ihre Richtung, woraufhin sie das Kinn hob, herumwirbelte und davonmarschierte. Er brauchte einen Moment, um sie außerhalb des Empfangsbereichs der Kirche einzuholen.

»Was ist los, Prinzessin? Entsprechen die winzigen Sandwiches nicht deinen Maßstäben?«

»Ich brauche frische Luft.«

»Du bist wegen etwas wütend.«

»Bin ich nicht.«

»Bist du. Ich wage zu behaupten sogar eifersüchtig?«

Sie wirbelte herum und stieß ihn in die Brust. »Bin ich nicht.«

»Bist du, und darf ich sagen, es ist ziemlich heiß?«

Sie gab ein abfälliges Geräusch von sich. »Oh bitte.

Hör auf, so zu tun, als würdest du mich mögen. Ich sehe jetzt, warum du dich nicht an mich rangemacht hast, seit wir zu diesem Ausflug aufgebrochen sind. Du stehst immer noch auf sie.«

»Wen?«

»Melinda. Die Frau deines Cousins.«

Er lachte laut. »Du könntest nicht falscher liegen.«

»Oh, dann erklär mir doch, warum du von dem Versuch, mich zu verführen, dazu übergegangen bist, nur zu flirten, wenn wir Publikum haben.«

Er trat näher. »Weil ich, wenn ich dich küsse, mit dir schlafen will. Und sobald wir das tun, gibt es kein Zurück mehr. Wir werden ein Leben lang zusammen sein.«

Bei dieser Aussage stockte ihr der Atem, bevor er mit Gelächter herauskam. »Du hast wirklich das größte Ego, das ich je getroffen habe.«

»Das ist nicht das Größte an mir«, neckte er.

Sie schlug ihn. »Hör auf.«

»Womit?«

»Damit, so zu tun, heiß auf mich zu sein.«

»Ich tue nicht so, Prinzessin. Ich stehe auf dich. Ich meine es auch ernst, wenn ich sage, dass Sex die Dinge zwischen uns ändern wird.«

»Nur wenn du schlecht darin bist und ich dir bis nach Meadows Hochzeit aus dem Weg gehen muss.«

Ihm fiel die Kinnlade herunter, bevor er reumütig grinste. »Ich verspreche, es wird nicht schlecht sein.«

»Ich schätze, das werde ich nie erfahren.«

Sie wollte an ihm vorbeigehen, aber er packte sie am Arm und wirbelte sie an seine Brust. Dann küsste er sie. Küsste sie mit all der aufgestauten Leidenschaft, die in ihm brodelte. Er ließ sie keuchend, feucht, sehnsüchtig zurück.

Am falschen Ort zur falschen Zeit, da sich jemand laut räusperte.

»Was?«, brummte er, ohne den Kopf zu drehen.

»Deine Schwester sucht nach dir«, war Gordies belustigte Antwort. »Wir wollten gerade gehen. Das Baby hatte genug Aufregung für den Tag.«

»Komme«, knurrte er, während er Val ansah. Ihre Lippen waren geschwollen von seinem Kuss, ihre Augen schwer vor Leidenschaft.

Mein.

Scheiß drauf. Er war fertig damit, dagegen anzukämpfen. Die beiden waren füreinander bestimmt.

Heute Nacht. Sobald er sie zurück ins Hotel brachte, war es an der Zeit, der unter seiner Haut brodelnden Leidenschaft nachzugeben, sie zu beanspruchen. Sobald Rok mit Meadow erschien und sie Val überzeugten, den Eid zu schwören, konnte er sein Geheimnis offenbaren.

Es war ein guter Plan, der ihn vor Vorfreude nervös machte, was möglicherweise der Grund war, warum er darauf bestand, dass sie Besorgungen machten und dann zu Abend aßen, bevor sie zu ihrem Hotel zurückkehrten, als die Nacht einbrach.

Unterwegs wurde ihnen jedoch aufgelauert.

KAPITEL VIERZEHN

Seit dem Kuss, der unsanft unterbrochen worden war, befand Val sich in einem Zustand der Vorfreude. Gut, dass Asher sie aus der Kirche schaffte. Ihr feuchter Slip machte sie unsicher. Es half nicht, dass sie hätte schwören können, dass ein Teil seiner Familie sie immer wieder ansah und grinste, als wüssten sie es. Unmöglich, und doch war sie froh, fliehen zu können.

Aber anstatt ins Hotel zurückzukehren, um etwas gegen die Sehnsucht zu unternehmen, wollte er Dinge von seiner Liste einkaufen. Dann bestand er auf Abendessen. Die Verzögerung machte ihre Begierde nur schlimmer, da er sie ständig berührte.

Eine Hand an ihrem Kreuz.

Seine Finger mit den ihren verschränkt.

Er fütterte sie mit Bissen seines Abendessens von seiner Gabel und seinem Löffel.

Als er heiser fragte: »Bereit, ins Bett zu gehen?«,

dachte sie tatsächlich darüber nach, eine dunkle Gasse zu suchen und ihn anzuspringen.

Sie bestand darauf, dass er fuhr, da sie zu abgelenkt war, um sich auf die Straße zu konzentrieren. Und dann, weil er sich ein wenig zu sehr unter Kontrolle zu haben schien, legte sie ihre Hand auf seinen Oberschenkel, während er fuhr. Ließ sie über sein Bein gleiten, bis er knurrte: »Mach weiter so und unser erstes Mal wird auf der Motorhaube deines Geländewagens sein.«

»Du weißt, dass die Rückbank sich flach umlegen lässt und wir knapp zweieinhalb Meter Platz haben, oder?«

»Das werde ich mir für die Rückfahrt zur Farm merken. Aber heute werden wir es zu einem Bett schaffen. Ich habe mich nicht so lange gequält, um ein Knöllchen wegen unsittlichen Verhaltens zu bekommen.«

Er überschritt Geschwindigkeitsbegrenzungen, um sie zum Hotel zu bringen, welches sich am Rand der Stadt befand. Er fuhr von der Schnellstraße und hielt hinter einem Pick-up an, der an einer roten Ampel stand.

Die Ampel wurde grün, aber anstatt loszufahren, stieg der Fahrer des roten Pick-ups aus.

Val runzelte die Stirn. »Was macht der da?«

Asher zog die Handbremse des Wagens. »Das ist einer der Freunde meines Cousins. Bleib im Wagen. Noch besser, fahr zum Hotel, wo Leute sind. Sie werden es nicht wagen, dich in der Öffentlichkeit anzurühren.«

»Das kann doch nicht dein Ernst sein. Ich lasse dich nicht zurück.«

»Zu spät«, murmelte er.

Ein Blick hinter sie zeigte, dass sie durch einen weiteren Pick-up eingeklemmt waren. Rocco stieg aus.

»Das ist doch wohl ein verdammter Witz«, murmelte sie. »Was haben die vor?«

»Vermutlich wollen sie mich ein wenig herumschubsen und ein paar Drohungen aussprechen.«

Sie blinzelte ihn an. »Das ist nicht in Ordnung.«

»Ich kann mit ein paar Schlägen umgehen, und mir ist scheißegal, was sie sagen.«

»Nun, mir nicht«, schnaubte sie.

»Du bist süß, wenn du besorgt bist.« Er umfasste ihren Hinterkopf und küsste sie flüchtig auf die Lippen. »Schließ die Türen ab, sobald ich draußen bin.«

Bevor sie reagieren konnte, stieg Asher aus dem Geländewagen, ein Mann gegen viele. Vielleicht würde es nicht zu einem Kampf kommen.

Sie gingen weit genug weg, sodass sie nur das Murmeln von Stimmen hören konnte. Roccos Miene enthielt eine Selbstgefälligkeit, die sie ihm nur zu gern aus dem Gesicht geschlagen hätte, während seine drei Gangsterfreunde finster dreinblickten und versuchten, einschüchternd zu wirken.

Der Kerl an Ashers Rücken packte ihn plötzlich

und hielt ihn fest. Rocco holte aus. Val sprang aus dem Geländewagen und schoss mit ihrer Waffe in die Luft.

Die plötzliche Stille zog alle Blicke auf sie. Sie richtete ihre Waffe auf Rocco. »Geh von meinem Mann weg.«

»Prinzessin, steig wieder in den Wagen. Ich mache das«, erklärte Asher.

»Hör auf den betrügerischen Mistkerl und pack das Spielzeug weg –«

»Bist du schwerhörig, Arschloch?« Sie feuerte erneut, wobei sie Roccos alberne Schmachtlocke um einige Millimeter kürzte.

Roccos Augen wurden groß. »Du verdammte Fotze!«

»Ich würde aufpassen, was ich sage, sonst peile ich nächstes Mal ein kleineres Ziel an.« Ihr Blick fiel auf eine Stelle unterhalb seiner Taille, und sie grinste.

Endlich sah der Idiot besorgt aus. »Das würdest du nicht wagen.«

»Das würde ich.«

»Schieß auf mich und ich werde dich festnehmen lassen«, tobte Rocco.

»Wenn ich auf dich schieße, werde ich meinem Onkel bei der Polizei erzählen, dass du unser Auto klauen wolltest und es Selbstverteidigung war. Was denkst du, wem er glauben wird?« Ihr Lächeln wurde breiter und sie richtete ihre Aufmerksamkeit auf den Kerl, der Asher festhielt. »Lass meinen Verlobten los.«

Als dieser Rocco ansah, anstatt zu gehorchen, brüllte sie: »Sofort.«

Der Kerl trat zurück und hob die Hände. »Meinetwegen. Kein Grund, so zu reagieren, weil du deine Tage hast.«

»Ich sollte dich dafür erschießen, ein frauenverachtendes Arschloch zu sein«, murmelte sie, während ihr Finger am Abzug förmlich zuckte.

»Sie ist verrückt«, rief jemand.

»Ja, das ist sie. Jetzt seht ihr, warum ich sie liebe.« Ihr Scheinverlobter grinste.

»Steigt wieder in eure Pick-ups, bevor ich beschließe herauszufinden, wer von euch am lautesten schreit, wenn er angeschossen wird.«

Die drei Gangster zerstreuten sich, aber Rocco zog die Oberlippe hoch. »Das ist noch nicht vorbei.«

»Willst du mich wirklich bedrohen? Meine Großmutter hat immer gesagt, dass es nur einen Weg gibt, dafür zu sorgen, dass meine Feinde nie zurückkommen, um mich zu verfolgen. Wohlgemerkt, sie hat als natürliche Umstände getarntes Gift vorgezogen, aber ich kann nicht kochen. Ich habe allerdings exzellente Zielgenauigkeit.« Sie richtete die Waffe auf Roccos Kopf.

»Dafür wirst du bezahlen«, knurrte Rocco. Die Worte waren tief und kehlig.

Sie gab der einsetzenden Dämmerung die Schuld an dem seltsamen Funkeln in Roccos Augen.

Die Pick-ups und ihre Schlägertypen fuhren

davon, wobei sie mit den Reifen Schotter hochschleuderten. Sie wartete darauf, dass Asher etwas sagte.

Sich darüber beschwerte, entmannt zu sein.

Auszuflippen, weil sie zu töten gedroht hatte.

Sie hätte wissen sollen, dass er anders war.

Der Kerl sprang über die Motorhaube ihres Wagens, zog sie in seine Arme und küsste sie!

KAPITEL FÜNFZEHN

Asher hatte noch nie etwas Beängstigenderes oder Heißeres gesehen als Val, die ihn beschützte. Auch wenn er so getan hätte, als hätte sie es nicht getan. Er wollte sich gerade aus Larrys Griff befreien, als Val aus dem Geländewagen stieg und unvorstellbaren Mut zeigte.

Und Dummheit.

Er beendete den Kuss, um ihr eine Predigt zu halten. »Du Idiotin! Was hast du dir dabei gedacht, dich so in Gefahr zu begeben?«

Sie zog eine Augenbraue hoch. »Bedankst du dich so?«

»Rocco und seine Freunde lassen sich nicht einfach so einschüchtern. Das hätte sehr böse enden können.«

Ihre Mundwinkel zuckten. »Das hätte es. Für sie. Ich bin eine hervorragende Schützin.«

»Mit begrenzten Kugeln.«

»Denkst du wirklich, das ist meine einzige Waffe?«

Eine Welle der Emotionen überkam ihn. Er fiel sofort auf ein Knie und hielt ihre Hand, während er leidenschaftlich sagte: »Valencia, du bist die perfekteste Frau, die ich je getroffen habe. Heirate mich.«

Sie lachte. »Du bist albern.«

»Und wenn ich das nicht bin? Du bist unglaublich.«

Das Lob ließ sie erröten. »Hör auf herumzualbern und steig in den Wagen.«

»Also ist das ein Nein?« Er schenkte ihr einen Blick, der unzählige Damenslips hatte verschwinden lassen.

Von Val bekam er Gelächter. »Nein, ich heirate dich nicht, aber ich lasse dich vielleicht fummeln, wenn du brav bist. Noch weiter darfst du gehen, wenn du uns ins Hotel bringst, ohne dass wir von noch jemandem angehalten werden.«

Das Versrechen versetzte ihn praktisch in einen Sprint, um wieder hinter das Steuer zu kommen. Val setzte sich neben ihn und er brachte sie beide beinahe um, als sie mit der Hand seinen Oberschenkel übersprang und seinen Schritt umfasste.

Heilige Scheiße. Es würde passieren.

Er parkte vor dem Hotel und warf dem Mitarbeiter des Parkdienstes den Schlüssel zu, zusammen mit einem Zwanziger. Dann verlagerte er ungeduldig das Gewicht, während Val ihre Zimmerkarte durchzog, damit der arme Kerl wusste, wem der Geländewagen gehörte.

Das Hotel war zu dieser Nachtzeit geschäftig, da die Spieler scharenweise zusammengekommen waren, um ihre Gehaltsschecks auszugeben. Er ließ eine Hand an ihrem Kreuz und führte sie zum Aufzug. Sie wurden von Tante Cicily aufgehalten, die sich ihnen in den Weg stellte.

»Da seid ihr. Ihr wart den ganzen Tag weg.«

»Babyparty für seine Schwester«, erklärte Val.

»Ein Baby, was?« Cicily musterte sie beide und lächelte. »Ich hätte nichts gegen eine Großnichte oder einen Großneffen zum Verwöhnen. Mit euren Genen würde es ein süßes Kind.«

»Wie wäre es mit einem von beiden?«, bot Asher an, der einen Arm um Vals Taille legte.

Cicily strahlte. »Das wäre perfekt.«

»Wolltest du mit mir über etwas reden?«, fragte Val.

»Ich dachte nur, ich lasse euch persönlich wissen, dass das Penthouse für euch bereit ist und ich eure Sachen aus eurem Zimmer habe holen lassen.«

»Danke!« Val gab ihrer Tante eine einarmige Umarmung. »Wenn es dir nichts ausmacht, Asher und ich sind müde. Langer Tag.«

»Sicher war es das«, prustete Cicily mit einem wissenden Grinsen. »Wir sehen uns morgen.«

Als sie in den Aufzug stiegen, lachte Asher. »Sie weiß auf jeden Fall, was wir tun werden.«

»Meinst du?« Val verzog das Gesicht. »Tante Cicily war schon immer der Freigeist. Sie war diejenige, die mir einen Vibrator gekauft und gesagt hat, ich bräuchte keinen Mann für Sex.«

»Als Mann würde ich da gern widersprechen.«

Ihr Lächeln traf ihn hart, als sie praktisch schnurrte: »Ich schätze, das wirst du beweisen müssen.«

»Herausforderung angenommen, Prinzessin.« Er zog sie in seine Arme und küsste sie, wobei die Leidenschaft, die er zurückgehalten hatte, überzukochen drohte. Als sie im oberen Stockwerk ankamen und es schafften, die Schlüsselkarte durchzuziehen, während sie einander noch immer befummelten und küssten, nahm er seine Sinne so weit zusammen, dass er innehielt und fragte: »Bist du sicher, dass du das tun willst? Denn ich warne dich jetzt, du wirst für immer mit mir festsitzen.«

»Nur wenn du gut bist«, neckte sie und zog ihn für einen weiteren Kuss zurück.

Beim Betreten der Penthouse-Suite hatte er wenig Zeit, das aufwendige Dekor zu bestaunen. Sie zerrte ihn in das nächste Schlafzimmer und stieß ihn auf das Bett.

Er hätte vielleicht protestiert, aber sie begann, sich auszuziehen und sich mit wenig Raffinesse ihrer Kleidung zu entledigen. Diesmal war sie nicht betrunken, was bedeutete, dass er sie ohne Schuldgefühle bewundern konnte. Es gab so viel zu bewundern, angefangen bei der Wölbung ihrer Taille über ihre breiten Hüften bis hin zur Bewegung ihrer Brüste.

Obwohl er vor Verlangen brannte, forderte er gedehnt: »Mach mich als Nächstes.«

Ihre Finger waren geschickt, als sie sein Hemd und seine Hose aufknöpfte. Er half ihr dabei, ihm die Hose auszuziehen, bevor er sich seines Oberteils entledigte.

Nackt kamen sie in einer Verschmelzung aus erhitzter Haut zusammen, die ihm beinahe den Verstand nahm. Das Bett, breit und mit einer weichen Decke bezogen, bot einen luxuriösen Untergrund für ihren Körper, den er mit seinem bedeckte. Haut an Haut, ihre Münder aufeinander, ein Durcheinander aus erotischen Küssen mit viel Zunge. Er versuchte, vorsichtig zu sein und sein Gewicht von ihr zu halten, aber packte ihn immer wieder und zog ihn nach unten, wobei sie die Beine um ihn wickelte, um ihn festzuhalten.

»Ich bin zu schwer«, protestierte er in ihren Mund.

»Ich werde nicht brechen«, knurrte sie zur Antwort.

Dennoch hielt er sich zurück, da er ihr mit seiner ungezähmten Leidenschaft keine Angst machen wollte. Dieses erste Mal wäre bereits schnell genug, ohne dass er die Kontrolle verlor. Aber schätzte sie die dünne Leine, an der er befestigt war?

Nein. Sie war entschlossen, ihn um den Verstand zu bringen.

Sie stieß gegen ihn und schnurrte einen Befehl. »Dreh dich auf den Rücken.«

»Noch nicht. Ich habe Hunger.« Und mit Hunger meinte er eine Kostprobe ihrer Brüste. Er platzierte Küsse ihren Hals hinunter zu der Vertiefung zwischen ihnen. Er umfasste ihr rundes Gewicht und drückte sie als leichte Neckerei zusammen. Er zog an der Knospe und saugte daran. Sie reagierte mit einem Stöhnen und einem Ganzkörperzittern.

Er saugte und spielte weiter, sein Bein zwischen ihre geklemmt und an die Hitze ihres Schritts gedrückt. Ihre Feuchtigkeit und ihr Duft machten ihn verrückt. Er wollte sie zum Kommen bringen. Wollte spüren, wie sie es an seinem Mund tat.

Bevor er seine Zunge einsetzen konnte, stieß sie gegen ihn und verlangte erneut: »Dreh dich auf den Rücken!«

»Meinetwegen«, schnaubte er resigniert. Er war aber nicht wirklich genervt, denn der Gedanke daran, wie sie ihn berührte …

Hm. Hoffentlich blamierte er sich nicht.

Sie setzte sich auf und verbrachte eine Sekunde damit, seinen Körper anzustarren. Sie zeichnete eine Linie seine Brust hinunter, woraufhin er erschauderte und schwer schluckte, besonders als sie seinen Schritt erreichte. Er lag still da, wartete auf ihre nächste Handlung, angespannt vor Vorfreude, während sein Schwanz, der vor Erregung steinhart war, nach oben ragte.

Er streckte die Hand aus, um sie zu berühren, und sie erlaubte es, bevor sie heiser sagte: »Hände hinter den Kopf. Kein Anfassen, während ich spiele.«

»Das erscheint mir sehr unfair. Warum sollst du all den Spaß haben?«, schmollte er.

Sie lachte. »Keine Sorge. Du bist noch nicht fertig mit mir.« Damit setzte sie sich rittlings auf seine Taille, wobei ihre feuchte Mitte auf seinem muskulösen Bauch ruhte. Sie beugte sich vor und fuhr mit den Lippen über seine, leckte über seinen Mund und knabberte an seiner Unterlippe.

Er umfasste ihren Hintern.

»Ich sagte: ›Hände hinter den Kopf.‹«

»Du bist grausam«, stöhnte er.

»Komm damit klar.« Sie strich mit den Lippen über seinen Kiefer und knabberte leicht mit den Zähnen daran.

Er zitterte und brannte, rührte sich aber nicht.

»Das ist mein braver Wookiee.« Sie lächelte an seiner Haut, als sie einen sinnlichen Pfad seinen Hals hinunter beschrieb und hart an der Stelle saugte, an der sein Puls zu spüren war.

Aber erst als sie ihn biss, versteifte sich sein Körper unter ihr und er musste sich zusammenreißen, um nicht zu heulen.

Sie saugte weiter, während sie seine Brust streichelte, mit den Fingernägeln über seine Brustwarzen fuhr und hineinkniff, als sie hart wurden. Sie glitt weiter hinunter. Ihre Feuchtigkeit traf auf seinen

Schwanz und er konnte nicht verhindern, dass seine Hüften ein wenig nach oben schossen.

»Böser Wookiee. Halt still oder ich werde das hier nicht mit deinem Schwanz machen.« Sie nahm eine seiner Brustwarzen in den Mund und saugte.

Verdammte. Scheiße.

Er konnte nicht umhin, zu zittern und die Bettdecke zu umklammern, während sie mit ihm spielte. Schließlich musste er keuchen: »Genug. Ich muss dich berühren.«

»Muss?«, neckte sie. »Ich habe etwas, womit du spielen kannst.«

Es schockierte ihn, als sie sich neu positionierte, sodass ihr Schritt über seinem Mund schwebte. Sie saß umgekehrt rittlings auf ihm und blies mit dem Mund warme Luft auf seinen Schwanz.

Oh scheiße, ja. Er packte ihre Oberschenkel und zog sie für eine Kostprobe nach unten, wurde jedoch abgelenkt, als ihre Lippen die Spitze seines Schwanzes streiften. Sie leckte den geschwollenen Kopf seiner Erektion, bevor sie ihre Lippen seine dicke Länge hinuntergleiten ließ. Dann wieder hoch. Runter. Hoch.

Schließlich ging sie selbst tief genug herunter, sodass auch er lecken konnte. Er verschlang ihre feuchte Muschi, seine Zunge tauchte zwischen ihre Schamlippen, wo sie kostete, schnellte.

Während er sich gütlich tat, saugte sie und ging weiter auf und ab. Als wäre das nicht genug, umfasste sie seine Hoden und massierte sie, bis sie angespannt waren.

Er summte, während er ihre Klitoris reizte. Er spürte, wie sie sich zusammenzog, als er es schaffte, zwei Finger in ihr zu versenken, während er an der geschwollenen Knospe arbeitete.

Er brachte sie an den Abgrund und stieß sie hinüber – ihr Orgasmus war eine Welle, die sie dazu veranlasste, ihn fest mit dem Mund zu umschließen.

Seine Hüften zuckten und er kam ebenfalls.

Und sie nahm, was er zu geben hatte. Schluckte es, so wie er sie genoss. Sie saugte ihn trocken, während er weiter leckte. Sie kostete. Noch mehr wollte.

Er wollte seinen Schwanz in ihr vergraben und sich auf ihr einprägen. Allein der Gedanke ließ ihn bereits steif werden.

Sie lachte an seiner Haut. »Schon bereit für Runde zwei?«

Scheiße ja, das war er. Er drehte sie beide um und verbrachte eine Sekunde damit, sie zu bewundern. Ihr Gesicht war vor Leidenschaft gerötet, ihre Lider waren halb gesenkt und sinnlich. Ihre Beine waren gespreizt und sie wartete darauf, dass er sie vögelte.

Was der Moment war, in dem sie Gelächter hörten.

Weibliches Gelächter, und einen mürrischen Mann, der sagte: »Wo ist Asher?«

KAPITEL SECHZEHN

Es GAB nichts Besseres als plötzliche Besucher, während man noch immer die Nachbeben eines unglaublichen Orgasmus genoss.

»Val?«, rief Meadow, was durch die Schlafzimmertür gedämpft wurde.

Die unverschlossene Schlafzimmertür.

Val erstarrte und Asher stöhnte. »Denkst du, sie werden weggehen?«

Sie kicherte.

»Nicht witzig«, grummelte er, wenn auch wohlwollend.

Die Situation enthielt mehr Peinlichkeit als Humor, und doch war sie in diesem Moment unglaublich glücklich, wenn auch klebrig. Sie beide liefen ins Badezimmer, um sich einer Katzenwäsche zu unterziehen, sie zwischen den Beinen und er im Gesicht.

Was seinen Schwanz anging? Theoretisch hatte sie

ihn sauber geleckt. Ihr Orgasmus war für ihn ein wenig schmutziger. Die Zunge dieses Mannes war ein Geschenk. Schade, dass sie es nicht länger hatten genießen können. Sie hatte das Gefühl, dass er der Mann sein könnte, der ihr endlich multiple Orgasmen bescherte.

Sie zogen sich so schnell sie konnten an, aber nicht schnell genug, um den wissenden Blicken aus dem Weg zu gehen, als sie in den Wohnbereich des Penthouses traten.

Meadow grinste von einem Ohr zum anderen. Nova tat es ihr gleich. Poppys Wangen waren rot. Was Rok anging, er trank ein Bier, das er in dem Moment abstellte, in dem er Asher sah.

»Gott sei Dank bist du hier. Lass uns an die Bar und ins Casino gehen.«

Asher zog eine Augenbraue hoch. »War die Fahrt so schlimm?«

»Ein Mann kann sich nur begrenzt Gekicher anhören, bevor er sich einen Eispickel ins Ohr rammen will«, war die gegrummelte Antwort, als Rok durch die Tür ging, nur um eine Kehrtwende zu machen. Er stapfte zu Meadow, gab ihr einen harten Kuss und murmelte: »Wir sehen uns in ein paar Stunden.« Außerdem drückte er ihren Hintern, was dazu führte, dass Meadow knallrot wurde, aber lächelte.

Asher warf Val einen Blick zu und sie sah, wie er darüber nachdachte, ob er dasselbe tun sollte.

»Wag es ja nicht«, zischte sie, was seine Frage

beantwortete. Sie hatten vielleicht wirklich guten Oralsex genossen, aber sie war nicht bereit, das Pärchen zu spielen, vor allem nicht vor Meadow und weiterer Gesellschaft.

Sobald die Jungs verschwunden waren, stürzten sich die Mädchen auf sie.

»Also, du und Asher?«, fragte Meadow.

»Wir hatten ein bisschen Spaß. Sonst nichts.« Wirklich großen Spaß, der vielleicht wiederholt werden musste. Ein paarmal.

»Tut uns leid, dass wir gestört haben«, kicherte Nova.

Es war Poppy, die Val vor völliger Beschämung rettete, indem sie sagte: »Hat jemand Hunger? Ich habe Brownies mitgebracht.«

Sie verbrachten den Rest des Abends damit, Brownies und Zimtschnecken zu essen und den Rotwein zu trinken, den Tante Cicily hinaufbrachte. Sie blieb und genoss ihn mit ihnen.

Schließlich, als der Wein ausging, stolperten sie alle ins Bett, einschließlich Val. Sie wachte nur kurz auf, als Asher mit ihr unter die Decke glitt. Sie sollte ihm vermutlich sagen, auf der Couch zu schlafen, bevor die anderen einen falschen Eindruck bekamen.

Auf der anderen Seite hatten sie bereits einen falschen Eindruck, und es war spät. Sie kuschelte sich in seine Arme und wachte erst weit nach der Morgendämmerung auf. Allein.

Also, das war scheiße. Sie stützte sich auf die Ellbogen und sah, dass er einen Zettel auf dem Nachttisch zurückgelassen hatte.

Nur einen Anruf entfernt, wenn du mich brauchst, Prinzessin. Bis später.

Keine Liebeserklärung. Keine aufdringliche Forderung. Nur eine nette Nachricht, die sie wissen ließ, dass sie nicht vergessen war. Sie steckte sie in ihre Tasche, auch wenn sie sich innerlich dafür schalt, eine seltsame Sentimentalität zu zeigen.

Der Tag war hektisch, aber lustig. Winnie kam mit dem Baby und ihrer Mutter ins Hotel und verstand sich mit allen prächtig, selbst mit Tante Cicily. Nach einem Morgen der Hochzeitseinkäufe aßen sie im Restaurant zu Mittag, während das Baby in einem Stubenwagen schlief, den Cicily ihnen extra gebracht hatte.

An diesem Nachmittag, während Winnie das Baby für eine richtige Portion Schlaf nach Hause brachte, wurde weiter eingekauft, wobei Val in ihrem Geländewagen als Chauffeurin agierte. Sie hatten die Jungs überhaupt nicht gesehen, auch wenn Val hätte schwören können, dass sie ein paarmal Rok und sogar Asher bemerkte. Beobachteten sie sie? Es war möglich. Vielleicht war es vernünftig, angesichts des rothaarigen Kerls, den sie bereits zweimal gesehen hatte. Einer von Roccos Spionen? Sie würde es ihm zutrauen. Val hatte keinerlei Zweifel, dass dieser Schlappschwanz etwas versuchen würde. Sein Typ konnte es nicht ausstehen, übertroffen zu werden. Besonders nicht von einer Frau.

Sie trafen sich mit den Jungs zum Abendessen, und Val hätte darüber würgen können, wie sich bei Ashers Anblick ihr Magen zusammenzog und ihr Herz flatterte. Meadow hatte keinerlei Bedenken dabei, sich Rok an den Hals zu werfen, der sie zufrieden küsste. Was Asher anging, dieser versuchte nichts der Art, aber als sie der Gruppe zum Abendessen folgten, hielt er sie zurück, anstatt sie das Restaurant betreten zu lassen. Er zog sie hinter einen eingetopften Baum und murmelte: »Das wollte ich schon den ganzen Tag tun.«

Bevor sie fragen konnte, küsste er sie. Ein langer Kuss, der weitere wissende Blicke und Grinsen bedeutete, als sie sich der Gruppe wieder anschlossen. Sollten sie doch grinsen. Das innere Strahlen war es mehr als wert.

Das Abendessen war eine lärmende Angelegenheit, der sich Ashers Familie anschloss. Nach dem Nachtisch gingen Winnie und ihre Mutter mit dem Baby, aber sie bestand darauf, dass ihr Mann bei den Jungs blieb, um den spontanen Junggesellenabschied zu genießen, der aus Stripperinnen und überteuertem Bier bestand.

Nichts, womit Val einverstanden war, weshalb Asher sie aufzog, bevor er ging. »Keine Sorge, Prinzessin. Keine von ihnen kann dir das Wasser reichen. Ich werde dich später kosten.«

Das Versprechen linderte ihre Eifersucht nicht vollständig. Vielleicht hätte sie ein paar männliche Stripper für ihre eigene Veranstaltung engagieren sollen. *Ich wette, da wäre er nicht so gleichgültig.*

Anstatt in ihrem Hotel zu bleiben, hatte Tante Cicily eine Limousine organisiert, die sie zum Rivalen brachte. Giorgio – der zufällig auch ihr Teilzeit-Liebhaber war – begrüßte sie. Er war ein gut aussehender Mann Ende fünfzig mit grauen Strähnen in seinem dunklen Haar und liebestrunkenem Blick für Tante Cicily. Er versorgte sie mit genügend Jetons, um ernsthaften Schaden anzurichten.

Meadow war absolut begeistert darüber, an den Automaten zu spielen. Sie lachte, wenn sie gewann. Kicherte, wenn sie verlor. Nach acht machten sie Pause, um das Konzert der lokalen Band zu genießen, und tranken einige Tequila-Shots, dann ging es zurück zum Spielen, zumindest für die anderen Damen. Val setzte aus, da ihr aufgefallen war, dass sie beobachtet wurden.

Um die Spione herauszulocken, ging sie in die Damentoilette und spielte Candy Crush auf ihrem Handy. Nach fünfzehn Minuten wagte Asher sich vorsichtig hinein.

»Val? Alles gut?«

»Nein, ich ertrinke in einer Toilette.«

Er schlich zögerlich an der gekrümmten Wand entlang, und das mit gutem Grund. Er sollte nicht an diesem Ort nur für Frauen sein, besonders da er jemanden in einer der Kabinen spürte.

Val saß am Waschtisch, was bedeutete, dass sie ihn im Spiegel sah und eine Augenbraue hochzog. »Wie bist du hier gelandet? Ich dachte, dein Plan beinhaltet billiges Bier und Stripperinnen.«

Er steckte die Hände in die Taschen, als er näher kam und seine Stimme gesenkt hielt. »Wie sich herausstellt, ist keine von ihnen so heiß wie das, was wir bereits haben. Anstatt also zu viel für Bier zu bezahlen, dachten wir, wir würden um ein wenig Geld spielen. Na ja, Rok und ich. Gordie ist nach Hause zu Winnie gegangen.«

»Und ihr seid zufällig im selben Casino gelandet wie wir. Zum Spionieren.« Sie gab ihm eine scharfe Erwiderung, anstatt auf den Teil zu reagieren, bei dem er sie praktisch als sein bezeichnete.

»Sieh es als ein Zwei-Fliegen-mit-einer-Klappe-Szenario. Wir wollten nur sichergehen, dass nichts Schlimmes passiert.«

»Bist du besorgt, dass Rocco vielleicht eine dumme Sache durchzieht?«

Eine Pause, als er zu der geschlossenen Tür blickte, wo eine Toilette gespült wurde. »Er macht schlimmen Mist.«

Das entlockte ihr ein Stirnrunzeln und sie drehte sich mit dem Stuhl um, um ihn direkt anzusehen. »Inwiefern schlimm?«

Er presste die Lippen zusammen, als aus der besetzten Kabine eine Frau herauskam, die Asher im Vorbeigehen einen bösen Blick zuwarf. Erst als die Tür zufiel, sagte er leise: »Es gibt Gerüchte, dass Rocco vielleicht mit illegalen Drogen handelt.«

»Und wo hast du diese Gerüchte gehört?«

Er rollte seine Schultern. »Ich habe heute vielleicht ein wenig herumgeschnüffelt, während du mit den Mädels unterwegs warst.«

»Warum?« Es traf sie in dem Moment, in dem sie fragte. »Wegen deiner Familie.«

»Ich will nicht, dass ihnen etwas zustößt, und wenn Rocco Risiken eingeht ...« Er zog die Mundwinkel nach unten. »Ich muss etwas unternehmen.«

»Was zum Beispiel? Wirst du Beweise sammeln, damit du die Angelegenheit zur Polizei bringen kannst?«

Er verzog das Gesicht. »Die würde ich lieber nicht mit reinziehen.«

Eine Empfindung, die sie verstehen konnte. »Das will niemand, aber denk daran, die Polizei wird sich nicht auf deine Schwester und ihren Mann konzentrieren, solange sie nicht aktiv daran beteiligt sind.«

»Dessen bin ich mir bewusst. Und das sind sie nicht. Allerdings ist die Situation ein wenig komplizierter als das.«

Sie sagte nichts und wartete nur.

Er lehnte sich an den Waschtisch und seufzte.

»Meine Familie hat Geheimnisse. Große. Wir können es nicht gebrauchen, dass die Polizei ihre Nase in unsere Angelegenheiten steckt. Glaub mir, wenn ich sage, dass das nicht gut wäre.«

»Wenn du einen guten Anwalt brauchst, kann ich ein paar empfehlen.«

»Mehr Familie?«

»Mein Onkel schuldet mir einen Gefallen. Ich kenne auch einen Problemlöser, der keine Angst hat, drastischere Schritte zu ergreifen, wenn du wirklich besorgt bist.«

Manche Kerle hätten angesichts ihrer Andeutung, dass sie Mord billigte, vielleicht gescheut. Da sie Realistin war, wusste Val, dass es manchmal nur einen Weg gab, um eine bedauerliche Situation wirklich zu lösen.

»Die einzige Sache, die vielleicht helfen könnte, wäre, wenn Rocco vor einen Bus läuft.«

»Das ließe sich arrangieren.«

Seine Augen wurden groß. »Du machst Witze, oder?«

Sie grinste. »Was denkst du?« Man sollte sie immer ein wenig im Dunkeln lassen. Ein Rat von Tante Margaret, die fünfmal verheiratet gewesen war.

»Habe ich dir heute schon gesagt, wie fantastisch du bist, Valencia Berlusconi?«

»Du hast dein Soll noch nicht erfüllt.«

»Dann lass mich das ändern.« Er zog sie in eine

stehende Position und neigte ihr Kinn. Bevor er ihr einen Kuss geben konnte, trat jemand ein und warf ihnen einen bösen Blick zu.

Val lachte. »Ich glaube, das ist unser Stichwort, um zu gehen. Werdet ihr euch uns Mädels anschließen, jetzt, da das Spiel aus ist?«

»Warum eigentlich nicht? Vielleicht hört Rok auf zu jammern, wenn wir das tun. Der Mann ist heftig in deine Freundin verknallt.«

»Ich weiß.« Es war süß und widerlich zugleich. Sie musterte ihn. »Ich schwöre, wenn du mich jemals wie eine Porzellanpuppe behandelst –«

»Wirst du mich erschießen. Glaub mir, ich weiß.«

»Gut. Jetzt raus mit dir, bevor jemand den Sicherheitsdienst wegen des Perversen auf der Toilette ruft.«

»Nur pervers für dich, Prinzessin«, sagte er zwinkernd.

Sie lachte. »Ich weiß nicht, warum ich dich mag.«

»Weil ich fantastisch bin.«

»Du bist annehmbar. Meistens«, erwiderte sie mit einem Augenrollen.

»Du bringst mich um, Prinzessin.«

»Oh, du wirst sterben. Später, wenn wir zurück ins Hotel kommen.« Worte, die sie gegen seinen Mund schnurrte.

Er erschauderte. »Muss es später sein?«

»Die Party ist noch nicht vorbei. Apropos, wir sollten zu ihnen zurückkehren.«

»Wollen wir?« Er bot ihr seinen Arm an, aber sie schüttelte den Kopf.

»Ich komme gleich nach. Ich muss herausfinden, wo mein ejakulierender Peniskuchen gelandet ist.«

Der Ausdruck auf seinem Gesicht? Unbezahlbar.

»Äh. Vielleicht gesellen Rok und ich uns nach dem Kuchen zu euch.«

Ihr Grinsen war breit, als sie schnalzte. »Feigling.«

Er beugte sich zu ihr, um zu flüstern: »Wohl eher versucht, dir das Echte zu zeigen.«

Darauf gab es nur eine Antwort. »Ich kann es nicht erwarten.«

»Luder«, knurrte er, als er sie küsste. Dann ging er und sie bewunderte den Anblick seines Hinterns, bevor sie ihren Lipgloss auffrischte.

Zeit, diesen Kuchen ausfindig zu machen. Sie trat aus dem Waschraum und traf auf ein bekanntes, wenn auch nicht willkommenes Gesicht.

»Wenn das nicht Ashers angebliche Verlobte ist«, sagte Melinda spöttisch.

»Wenn das nicht die Schlampe ist, die ihren Mann vor der Hochzeit betrogen hat«, konterte Val.

»Von wegen Jungfrau. Dir steht Hure ins Gesicht geschrieben.«

Val schenkte der Frau ein kaltes Lächeln. »Ein Esel schilt den anderen Langohr.«

Die Beleidigung ließ Röte in Melindas Gesicht aufsteigen. »Ich bin verheiratet.«

»Und? Ich bin mir sicher, das hat dich nicht aufgehalten.«

»Asher wird es auch nicht aufhalten. Er hatte schon immer eine Schwäche für die Frauen.«

»Ich schätze, er hatte nicht die Richtige getroffen, um ihn zu zähmen.« Vals Bemerkung traf den Nagel auf den Kopf.

»Er benutzt dich«, fauchte Melinda.

»Tut er das? Oder benutze ich ihn?«

»Er wird dich nie heiraten.« Eine scharfe Erwiderung, die Vals sture Seite hervorbrachte.

»Er würde mich heute Nacht noch heiraten, wenn ich Ja sagte. Wenn du mich jetzt entschuldigst, ich habe einen Penis aufzuspüren.« Sie hielt ihr Kinn hoch, als sie hinausstolzierte, stolperte jedoch, als das Miststück sie in den Rücken stieß.

Val prallte gegen die Wand auf der anderen Seite der Damentoilette, bevor sie herumwirbelte. Sie funkelte Melinda an.

»Wo ist dein Beschützer jetzt?«, spottete Melinda.

»Ich brauche keinen. Du hingegen schon.« Es hatte etwas Befriedigendes, die andere Frau zu schlagen. Noch besser, als sie das Knacken und Schreien hörte, das von einer gebrochenen Nase zeugte.

Sie hätte der Lektion »Leg dich nicht mit Val an« noch ein paar Ohrfeigen hinzufügen können, aber sie hatte bessere Dinge zu tun. Das hielt sie allerdings nicht von einer letzten Erwiderung ab. »Viel Glück dabei, deinem Mann zu erklären, warum du es für nötig empfandest, dich mit der Verlobten deines Ex-Freundes anzulegen.«

»Verdammte Fotze«, murmelte Melinda, während sie sich die blutende Nase hielt.

Die Tür zur Toilette wurde geöffnet, und wer auch immer hineinkam, holte aus und schlug sie bewusstlos.

KAPITEL SIEBZEHN

Als Asher Val verließ, grinste er von einem Ohr zum anderen.

Was für eine Frau. Er war nie glücklicher gewesen, als wenn Winnie Gordie geschrieben hatte, dass sie etwas namens Kolikmittel brauchte. Da der Mann weg war – und die Stripperinnen nicht ihre Aufmerksamkeit erregten –, wandte Rok sich an ihn und sagte: »Wollen wir nach den Damen sehen?«

Scheiße ja, das wollte er. Es nagte an seinem Inneren, von Val getrennt zu sein, und das nicht, weil er um ihre Sicherheit besorgt war. Es sollte ihr gut gehen angesichts der Größe ihrer Gruppe in einem sicheren Casino. Im Falle eines Problems konnte Nova anderen in den Hintern treten, ganz zu schweigen davon, dass Val auf sich selbst aufpassen konnte.

Dennoch sehnte er sich danach, zu ihr zurückzukommen. Er konnte nicht aufhören, an sie zu denken. Was sie getan hatten. Die Lust ...

Obwohl Asher gebadet hatte, klebte ihr Duft an ihm. Wenn er nicht wüsste, dass zur Beanspruchung tatsächlicher Sex notwendig war, hätte er gesagt, dass es bereits passiert war, da er eine Verbindung zu ihr spürte. Eine Verbindung anders als alles andere, was er zuvor erlebt hatte.

Was vielleicht seine Sorge erklärte. Den ganzen Tag nagte Unbehagen an ihm, besonders sobald er erkannte, womit Rocco handelte. Gordie hatte sich in dieser Hinsicht als hilfreich herausgestellt, da ihn die Sorge um seine neue Familie dazu führte, Asher von den Dingen zu erzählen, die er als Buchhalter des Rudels gesehen hatte. Ungereimtheiten in den Belegen. Ein Mangel an Erklärungen für einige der Rechnungen. Die Drogen, die er gerochen hatte, als er an einem von Rocco geführten Lagerhaus vorbeigegangen war, um ein paar Papiere zu holen.

Es schien, als hätte Kit recht. Im Festivus Pack war etwas faul. Er hatte seine bisherigen Erkenntnisse per SMS an Kit übermittelt. Der Mann antwortete nicht, aber zweifelsohne würde er Ashers Bericht weitergeben.

Was würde das Lykosium tun? Wenn Rocco in den illegalen Drogenhandel involviert war, würden die Mitglieder ihn ordentlich zusammenstauchen und ein Exempel an ihm statuieren. Aber wie tief ging die

Sache? War Bruce darin verwickelt? Ein Teil oder sogar die meisten des Rudels?

Nicht sein Problem. Er hatte getan, was ihm befohlen worden war, und er hätte erleichtert sein sollen zu wissen, dass man sich um Rocco kümmern würde. Es würde die Bedrohung mildern, die er darstellte.

Der sackgassenartige Flur, in dem sich die Waschräume befanden, führte zum Casinoraum, wo er sich an einen Pokertisch begab. Asher lachte beinahe über Nova, die mit finsterer Miene über ihrem kleinen Haufen Jetons saß, während Poppy in die Hände klatschte, vermutlich weil ihr Stapel gerade größer geworden war.

»Ich habe wieder gewonnen!«

»Wie ist das möglich?«, beschwerte sich Nova. »Du hast erst vor fünf Minuten gelernt, wie man spielt.«

»Ich schätze, ich habe einfach Glück.«

Nein, Asher war der Glückliche, weil er die eine Frau gefunden hatte, die ihn vervollständigte.

Nova entdeckte ihn und prustete. »Aha, da ist Co-Abhängiger Nummer zwei.«

»Was soll das denn heißen?«

Nova deutete mit dem Kopf auf Rok, der an Meadows Stuhl stand, wo sie einen Hebel zog und dann vor Freude hüpfte, als die sich drehenden Zylinder stehen blieben. Roks kitschiger Gesichtsausdruck entlockte Asher eine Grimasse.

»So schlimm bin ich nicht«, murmelte er.

»Noch nicht, aber es kommt. Du bist so in sie verliebt, es ist widerlich.«

Er verzog die Lippen. »Ist es so offensichtlich?«

»Nur ein bisschen.«

Nova hätte ihn vielleicht noch mehr aufgezogen, wenn Tante Cicily nicht in die Hände geklatscht und lauter als die scheppernden Glocken gerufen hätte: »Junggesellinnenabschied, es ist Zeit für Kuchen. Bringt die Braut her.«

Während sich Asher und die anderen dem riesigen Tisch näherten – an dem bequem zwölf Leute sitzen konnten, wenn man nichts dagegen hatte, über die runde Lederbank zu rutschen –, der für ihre Gruppe reserviert war, fiel ihm auf, dass Val sich ihnen noch nicht angeschlossen hatte. Was hielt sie auf? Denn es war sicherlich nicht der Kuchen, der in seiner erigierten Pracht serviert wurde, woraufhin Meadow zu kichern begann, Nova das Gesicht verzog, Rok überall hinsah bis auf den Kuchen und Poppy knallrot wurde.

Was Asher anging, bei ihm verwandelte sich die nagende Vorahnung in ausgewachsene Panik.

Gefahr.

Er löste sich von der Gruppe und lief beinahe zurück zu den Waschräumen, wobei er grundlos in Panik verfiel. Er hatte sie erst vor ein paar Minuten verlassen.

Lange genug, damit Val verschwinden konnte. Nur

ihr Duft blieb zurück, zusammen mit dem einer Werwölfin. Einen, den er erkannte.

Melinda. Das bekannte Aroma zog ihm den Magen zusammen. Was wollte sie mit Val? Egal. Wenn sie ihr auch nur ein Haar gekrümmt hatte ...

Er zog knurrend die Oberlippe zurück, als er den Flur entlang zum Ausgang schritt. Ein Schild warnte: *Ausgang wird überwacht. Beim Öffnen ertönt ein Alarm.*

Ein Blick nach oben zeigte, dass die Kamera in die falsche Richtung deutete. Als er die Tür aufstieß, ertönte kein einziges Warnsignal. Jemand hatte den Sicherheitsmechanismus ausgeschaltet.

Sein Magen verkrampfte sich weiter.

Er ging hinaus und fand sich auf einem asphaltierten Parkplatz wieder. Keine Val. Keine Melinda. Nichts als kleiner werdende Rücklichter und eine Tür, die hinter ihm ins Schloss fiel.

Verdammt. Er stand einen Moment lang da, die Hände in die Hüften gestemmt, und blickte von links nach rechts. Es könnte sein, dass er grundlos panisch war. Vielleicht hatten sich Val und Melinda einfach unterhalten und waren draußen gestrandet. Vielleicht hatte Val den langen Weg um das Gebäude herum genommen, um wieder hineinzugelangen.

Er wusste, dass das Wunschdenken war, da er ihren Duft nicht lokalisieren konnte. Idiot. Er sollte versuchen, sie anzurufen. Er holte sein Handy hervor und wählte ihre Nummer.

Es klingelte viermal und dann landete er auf der Mailbox. Das bedeutete nicht, dass etwas Schlimmes passiert war. Seine Wolfssinne behaupteten jedoch etwas anderes.

Er rief erneut an, und diesmal ging die falsche Person ran.

»Du hast nicht lange gebraucht.«

Roccos Stimme ließ Asher erschaudern. »Was hast du mit Val gemacht?«

»Noch nichts. Aber keine Sorge, wenn sie zu dir zurückkommt, wird sie gut benutzt sein. Genau wie es bei meiner verdammten Frau war.«

»Wage es nicht, Val da hineinzuziehen. Besonders da du weißt, dass Melinda willig war.«

»Das wird deine auch sein, sobald ich sie mit einer besonderen Drogenmischung weich mache.«

»Wage es ja nicht.«

»Zu spät. Ich habe sie, und es gibt nichts, was du dagegen tun kannst.«

»Du bist ein verdammter Bastard.«

»Oh ja. Und vielleicht hast du Glück und musst meinen Bastard großziehen.« Rocco legte auf und Asher schleuderte sein Handy in einem seltenen Wutanfall von sich, bevor er wütend auf und ab ging.

Was jetzt? Val retten natürlich. Wo könnte Rocco sie hingebracht haben?

Er beugte sich vornüber, die Hände flach auf den Oberschenkeln, und nahm einige tiefe Atemzüge.

Denk nach.

Er konnte nicht nachdenken. Panik erfüllte ihn. Rocco hatte Val. Und je länger er sie hatte, desto unwahrscheinlicher war es, dass Asher sie unverletzt würde retten können.

Die Tür war hinter ihm zugefallen, und anstatt um das Gebäude herumzugehen, hob er sein jetzt beschädigtes Handy auf und rief Rok an.

In dem Moment, in dem sein Alpha abnahm, platzte er in einem Zug mit dem Problem heraus. »Der Sohn des Rudelführers hat Val entführt, als Rache für den Mist, der vor langer Zeit passiert ist. Ich muss sie zurückholen.«

»Wo bist du?«

Es war verlockend, es Rok zu erzählen und ihn an seiner Seite zu haben. Allerdings würde es einen Krieg anzetteln, den Alpha eines rivalisierenden Rudels miteinzubeziehen. Nicht dass Rok sich darum scheren würde, was das Problem war. Er lenkte Roks Aufmerksamkeit um. »Ich weiß nicht, ob sie es auf noch jemanden absehen, der mir nahesteht. Du solltest die Frauen in Sicherheit bringen.«

»Nova kann sich um sie kümmern.«

»Sobald sie wieder im Penthouse sind, ja, aber angesichts dessen, dass ich gestern auf dem Weg hierher mit Val überfallen wurde, solltest du kein Risiko eingehen.«

Rok widersprach nicht, fragte jedoch: »Wo hat er sie hingebracht?«

»Ich weiß es nicht.« Asher erkannte, dass es

vermutlich nur einen Ort gab, den Rocco für eine so schändliche Tat benutzen würde. »Ich muss los. Ich schreibe dir, wenn ich den Ort herausgefunden habe.«

»Asher, geh nicht allein.«

»Das beabsichtige ich nicht. Ich werde gleich meine Verstärkung kontaktieren.« Besagte Verstärkung war Kit. Aber zuerst musste er Gordie erreichen.

Als sein Schwager abnahm, sagte er: »Ich brauche die Adresse des Lagerhauses, das Rocco benutzt.«

Gordie zögerte, bevor er ihm die Informationen gab und hinzufügte: »Warum?«

Es hatte keinen Sinn zu lügen. »Rocco hat Val entführt.« Dann legte er auf und schrieb Kit und Rok.

Kit antwortete nicht, aber Rok hatte eine kurze Nachricht: *Warte auf mich.*

Asher konnte nicht. Nicht, wenn Val in Gefahr war.

Ich komme, Prinzessin.

KAPITEL ACHTZEHN

Im Kofferraum eines Autos aufwachen? So hatte Val nicht das Ende ihres Abends geplant, aber trotz der Versuchung verfiel sie nicht in Panik. Das war nicht das erste Mal, dass sie auf diese Weise festsaß.

Tante Kiki hatte einen Schrottplatz besessen und Wert darauf gelegt, der jungen Val beizubringen, wie sie entkommen konnte, wenn sie jemals gegen ihren Willen festgehalten wurde. Tante Kiki sah sich viele Krimisendungen an.

Die meisten nach 2002 gebauten Fahrzeuge besaßen einen Öffnungsmechanismus im Kofferraum. Wenn sie ihn nur finden konnte ...

Val tastete in der Dunkelheit, um den Knopf zu finden. Sobald das geschehen war, war es nur eine Frage des Wartens, bis das Fahrzeug langsamer wurde oder an einer Ampel anhielt.

Während sie wartete, verfluchte sie sich dafür,

dumm gewesen zu sein. Es war ihr nie in den Sinn gekommen, dass Melinda vielleicht Freunde hatte, die mit ihr unter einer Decke steckten. War die Entführung geplant oder spontan gewesen?

Angesichts des Endergebnisses war es egal.

Eine entführte Val, die festsaß und sich beschissene Musik anhören musste, die aus den Lautsprechern des Wagens dröhnte. Sie pulsierte im Rhythmus mit dem Pochen ihres Kopfes. Gut war jedoch, dass es jegliche Geräusche übertönen würde, wenn sie floh.

Der Wagen wurde langsamer.

Klick. Die Klappe öffnete sich und Val fiel aus dem Fahrzeug, wobei sie hart auf dem Asphalt landete. Aber scheiß auf den Schmerz. Regel Nummer eins des Überlebens: Um jeden Preis davonkommen.

Sie sprang auf die Füße und rannte. Sie war immer noch in der Stadt, wenn auch im Industriebereich. Nicht gerade gut, da das wenig Verkehr bedeutete. Dafür gab es viele schattige Stellen zum Verstecken. Sie sprintete zum nächsten Gebäude, da sie außer Sichtweite sein wollte. Sie ging um die Ecke und lehnte sich gegen den Beton, wobei sie ihr Bestes tat, um ihre Atmung zu kontrollieren. Trotz der lauten Musik hatten ihre Entführer ihre Flucht bereits bemerkt. Vermutlich hatte es die dämliche Warnanzeige auf dem Armaturenbrett verraten.

Autotüren wurden zugeschlagen und sie hörte Stimmen.

»Du hast gesagt, sie sei bewusstlos.« Roccos Stimme.

»Die Schlampe muss aufgewacht sein.« Melindas eingeschnappte Antwort.

Ein Ehepaar, das gemeinsam entführte. Wie süß. Beängstigend. Verdammt. Sie tastete ihre Taschen auf der Suche nach ihrem Handy ab.

Weg.

Auch keine Waffe. Ein seltenes Ereignis. Dämliche verdammte Casinos und ihre blöden Metalldetektoren. Sie hatte ihre Waffe im Hotel gelassen, da sie nie gedacht hätte, dass ein Abend mit einer Gruppe Frauen gefährlich sein könnte.

Ihre beste Hoffnung? Sich verstecken, bis sie die Suche leid wurden und gingen. Dann würde sie einen Weg finden, um Meadow zu kontaktieren. Oder Asher. Er wäre so wütend.

Zum Teufel, sie war wütend. Wie konnten diese Arschlöcher es wagen, sie in ihren dämlichen Rachefeldzug hineinzuziehen? Wenn Rocco wütend sein wollte, dann sollte er versuchen, seiner Frau die Schuld zu geben.

Sie hörte sie nicht reden. Tatsächlich hörte sie gar nichts. Nicht einmal das Brummen des Motors. Sie zählte bis hundert und spähte dann um die Ecke.

Der Wagen war weg.

Sie atmete erleichtert aus, verließ jedoch nicht ihr Versteck. Sie hatten vielleicht außer Sichtweite geparkt, in der Hoffnung, dass sie sich offenbaren würde.

Sie lehnte sich an die Wand, schloss die Augen und dachte nicht an ihren schmerzenden Kopf oder die Tatsache, dass sie entführt worden war, denn beide Dinge waren beschissen. Stattdessen konzentrierte sie sich auf den Mann, der sie Dinge fühlen ließ, die sie nie erwartet hatte. Der sie ein Leben wollen ließ, das sie zuvor gescheut hatte.

Val hatte erwartet, sich in ihre Tante Cicily zu verwandeln, ein Leben lang eine alleinstehende Geschäftsfrau. Jetzt ... war sie sich nicht so sicher.

Ein Kratzen von der Rückseite des Gebäudes veranlasste sie dazu, sich umzudrehen. Zuerst sah sie nichts, aber dann wurden zwei Augen reflektiert, weiß und schimmernd. Die schattige Gestalt näherte sich. Größer als eine Ratte. Größer als eine Katze.

Sie hielt den Atem an, als würde sie das für die näherschleichende Kreatur unsichtbar machen. Sie bewegte sich leise und kam nahe genug, dass sie in der Dunkelheit ihre Form ausmachen konnte. Ein riesiger Hund. Vermutlich wild, wenn er nachts an diesem Ort allein draußen war.

Er knurrte.

Sie wich zurück, ohne es zu wagen, den Blick von ihm abzuwenden. Er schlich näher und sie trat aus dem Versteck des Gebäudes auf den Gehweg entlang der Straße.

Er folgte und sie erkannte, dass sie einen Wolf

ansah, keinen Hund. Ein großes Vieh, mit braunem Fell voller hellerer Strähnen und mit riesigen Zähnen, die funkelten, als es knurrte.

Die Ablenkung bedeutete, dass sie den Mann hinter ihr nicht bemerkte, der einen Arm um ihren Hals legte und flüsterte: »Hab dich!«

Sie kämpfte. Schlug ihren Kopf zurück und hörte ein befriedigendes Knacken. Sie rammte ihren Fuß nach unten, während sie ihm mit dem Ellbogen in den Magen stieß. Rocco lockerte seinen Griff und sie befreite sich, schwankte jedoch, als sie sich einer nackten Frau gegenübersah. Der Schock darüber ließ sie starren, lange genug, dass sie dem zweiten Schlag auf ihren Kopf nicht ausweichen konnte.

Als Val das nächste Mal wach wurde, pochte ihr Kopf, aber ihre Handgelenke schmerzten am meisten. Vermutlich weil sie an einen Stuhl gefesselt war, der mitten in einem höhlenartigen Raum stand.

In der dämmrigen Beleuchtung bemerkte sie gestapelte Kisten und einen Gabelstapler, der aktuell nicht benutzt wurde. Ein Lagerhaus also. Nicht gut. Es gab nur einen Grund, sie an einem solchen Ort zu fesseln.

»Endlich wacht sie auf. Wird auch Zeit. Ich habe gewartet. Es macht keinen Spaß, wenn du nicht wach bist, um zu schreien.« Rocco schlenderte hinter einigen Holzkisten hervor, ohne Hemd und der erste Knopf seiner Hose geöffnet. Oh verdammt.

Sie zog an ihren Fesseln. »Lass mich gehen.«

»So schnell? Aber der Spaß hat noch gar nicht

angefangen.« Er blieb vor ihr stehen, seine Lippen waren bösartig verzogen.

»Ich weiß nicht, was für ein krankes Spiel du spielst, aber es muss sofort aufhören. Was auch immer dein Problem mit Asher ist, mach es mit ihm aus.« Sie versuchte, mutiger zu klingen, als sie sich fühlte.

Rocco ging in die Hocke. »Hiermit bearbeite ich mein Problem mit diesem verdammten Schönling. Er hat etwas von mir geschändet. Ich plane nur, den Gefallen zu erwidern. Das ist alles. Sobald wir hier fertig sind, kannst du zu deinem Geliebten zurücklaufen. Aber ich bezweifle, dass ihr lange zusammen sein werdet, sobald er riecht, was ich getan habe.«

Angst ließ ihr das Blut gefrieren. Die hilflose Art, die sie hasste. »Mit dir ist etwas eindeutig nicht in Ordnung.«

»Eigentlich bin ich sehr gut ausgestattet. Das behaupten alle Frauen.« Er stand auf und blähte seine Brust auf.

»Musste deine Frau deshalb woanders suchen?« Nicht die cleverste Aussage, aber sie würde vor diesem Arschloch nicht zurückweichen.

Sein Mund wurde schmal. »Melinda bereut diese Entscheidung, und als Teil ihrer anhaltenden Entschuldigung war sie diejenige, die einen gerechten Ausgang vorgeschlagen hat.«

»Mich zu vergewaltigen ist nicht gerecht«, schrie sie beinahe und wackelte auf dem Stuhl, frustriert darüber, dass sich nichts löste oder nachgab.

»Ich will, dass Asher fühlt, was ich gefühlt habe. Er soll wissen, dass er nicht der Erste ist, der seinen Schwanz in dich steckt.«

»Falsch gedacht, Arschloch. Du hast Glück, wenn du überhaupt noch einen Schwanz hast, wenn ich mit dir fertig bin.« Die Drohung war ein tiefes Knurren, als Asher zwischen einigen Kisten hervortrat.

Ihre Augen wurden groß, aber nicht so sehr wie Roccos, auch wenn dieser seine Überraschung verbarg, als er zu Asher herumwirbelte. »Wie hast du mich gefunden?«

»Dachtest du wirklich, ich würde meine Gefährtin nicht aufspüren können?«, knurrte Asher.

»Sie ist noch nicht deine Gefährtin«, gab Rocco zurück.

»Sie ist es auf jede Art, die zählt, und selbst wenn sie es nicht wäre, ist das, was du vorhast, ein Verbrechen, auf das die Todesstrafe steht.«

Moment, was? Sie hatte Asher nicht für den gewalttätigen Typen gehalten, und doch wirkte er so gefährlich, als er näher kam. Er war von Kopf bis Fuß angespannt. Seine Augen blitzten auf und einen Moment lang hatte er eine wilde Art an sich, die sie erschaudern ließ.

»Es wird nur bestraft, wenn es jemand herausfindet«, spottete Rocco.

»Ist ein Video Beweis genug?« Asher hielt sein Handy hoch. »Ich tippe auf *Senden* und sie werden es wissen.«

Wer waren *sie*? Er musste von der Polizei reden.

»Das kann ich dich nicht tun lassen.« Eine neue Stimme kam der Situation hinzu. Ein Mann, den sie bei der Babytaufe gesehen hatte, erschien.

Asher wirbelte herum. »Misch dich nicht ein, Bruce. Ich habe dich nur hergerufen, um persönlich der Verdorbenheit deines Sohnes beizuwohnen, da du offensichtlich nicht aufmerksam warst.«

»Ich wusste es«, gab Bruce leise zu.

»Und du hast nichts getan, um ihn zu bremsen?« Asher klang aufrichtig enttäuscht.

»Das Leben war hart, seit die Tage des Ölbooms vorbei sind. Ein Anführer muss tun, was er tun muss, um seine Leute über Wasser zu halten.«

»Mit Drogenhandel?«

»Ich habe nie gesagt, ich wäre damit einverstanden. Allerdings hat Rocco als Nächster in der Reihe das Recht, die Richtung zu wählen, in die das Rudel geht.«

»Eine Richtung, die Entführung und Vergewaltigung beinhaltet?«

Bruce spannte den Kiefer an. »Du weißt, dass ich das nie billigen würde.«

»Tue ich das? Denn der Alpha, den ich als Kind kannte, war ein ehrlicher Mann. Er wäre nie der Typ gewesen, der mit illegalen Drogen handelt oder zulässt, dass irgendjemand, auch nicht sein Sohn, einer Frau wehtut.«

»Nur deiner Frau. Und du weißt warum.«

»Du kannst nicht ernsthaft mir die Schuld für die Handlungen deines missratenen Sohnes geben.«

»Nichts wäre passiert, wenn du einfach weggeblieben wärst. Warum musstest du zurückkehren?« Bruce schüttelte den Kopf.

»Glaub mir, ich wünschte, ich hätte es nicht getan. Der Alpha, den ich kannte, war ein guter Mann. Von der Art, die das hier niemals billigen würde«, schalt Asher, woraufhin Bruce vor Scham körperlich zusammenschrumpfte.

»Ich habe nie erwartet, dass die Dinge so enden.« Ein müdes Geständnis von Bruce.

»Willst du mich verarschen?«, brummte Rocco. »Du hast dich nicht über das zusätzliche Geld beschwert, das ich gebracht habe.«

»Ich war schwach und lag falsch.« Bruce ließ den Kopf hängen, bevor er einen brennenden Blick auf seinen Sohn richtete. »Ich hätte deinen Eskapaden schon vor langer Zeit ein Ende setzen sollen. Aber das habe ich nicht, und damit werde ich leben müssen. Aber genug ist genug. Diesmal bist du zu weit gegangen.«

Bei diesem Vorwurf grinste Rocco spöttisch. »Es gefällt dir nicht? Schade. Du weißt, wo die Tür ist.«

»Sie sollten vielleicht auf Ihren Alpha hören, wenn man bedenkt, wie schlecht die Dinge bereits für Sie aussehen.« Ein weiterer Fremder erschien, aber dieser sorgte für Erleichterung in Ashers Gesicht.

»Kit, Gott sei Dank. Ich habe mich gefragt, ob du meine Nachrichten bekommen hast.«

»Wer bist du?« Rocco sträubte sich und baute sich auf eine Art auf, die alarmierend war.

Selbst Bruce' Augen enthielten ein hartes Funkeln. »Du greifst in Dinge ein, die dich nichts angehen, Fremder.«

»Im Gegenteil. Eure Handlungen *gehen* mich etwas an. Ich bin dienstlich hier. Für den Fall, dass es Zweifel gibt ...« Kit zeigte etwas, das Bruce kleinlaut werden ließ.

»Verdammt. Der Rat hat dich geschickt.« Der ältere Mann sackte zusammen.

Aber Rocco gab diesem Kit gegenüber nicht nach. Kriminelle gaben selten wortlos auf. »Mir ist scheißegal, für wen dieses Arschloch arbeitet. Dieses Territorium gehört uns.«

»Nur durch die Gnade des Lykosiums«, sagte Bruce, was Val verwirrte. Was war das Lykosium?

»Scheiß auf den Rat!«, erklärte Rocco.

»Pass auf, was du zu dem Vollstrecker sagst, du verdammter Vollidiot.« Sein Vater zeigte endlich Anzeichen, dass er die Beherrschung verlor.

»Oder was? Was denkt das Arschloch, was es tun kann?« Rocco konzentrierte sich auf Kit. »Vielleicht brauchst du eine Lektion darin, warum du deine Nase nicht in die Angelegenheiten anderer Leute stecken sollst.« Rocco knackte mit den Knöcheln, und es waren nicht nur Ashers Augenbrauen, die in die Höhe schossen.

Kit klang ungläubig. »Sind Sie wirklich so dumm, mir zu drohen?«

»Er hat es nicht so gemeint.« Bruce beeilte sich, die Situation zu entschärfen.

Aber Rocco war damit nicht einverstanden. »Scheiße ja, ich drohe. Nein, es ist ein Versprechen. Du wirst es bereuen, deine Nase in meine Angelegenheiten gesteckt zu haben.«

Kits Mantel war weit genug geöffnet, sodass sie das Holster darin sah. Er hatte eine Waffe. »Es scheint, als sei meine Anwesenheit hier berechtigt. Sie haben einige Gesetze gebrochen, Rocco Durante.«

Er klang eindeutig wie ein Polizist, aber warum konfrontierte er Rocco allein? Irgendetwas an der Situation stimmte nicht, und sie runzelte die Stirn. Vielleicht lag die Schuld bei ihrem pochenden Kopf, dass sie den Hinweis übersah, der dem Ganzen Sinn gab.

»So wie ich es sehe, wird niemand etwas wissen, wenn du nicht berichten kannst.« Rocco machte weiter.

»Sie denken, Sie können mich töten?«, spottete Kit. »Sie und welche Armee?«

»So wie ich es sehe, ist es drei gegen einen.«

Asher schüttelte den Kopf. »Als würde ich mich auf deine Seite stellen. Was denkst du, wer Kit gerufen hat?«

»Verräter!«, brüllte Rocco. »Lass uns sehen, ob du es dir anders überlegst, sobald dein lieber Vollstrecker keine andere Wahl hat, als deine menschliche Hure zu töten. Denn du weißt, dass in den Gesetzen steht, dass kein nicht eingeschworener Mensch herumlaufen darf, der unser Geheimnis kennt.«

Welches Geheimnis? Drehte es sich immer noch um die Drogen oder …

Warum zog Rocco seine Hose aus?

Ihre Augen wurden groß, als Roccos Haut sich plötzlich verzog. Auf seinem nackten Oberkörper sprießte Fell, seine Gliedmaßen veränderten sich, verloren ihre Form und wurden zu etwas anderem. Die Verwandlung dauerte nur Sekunden.

Sie blinzelte.

Aber die Tatsache blieb. Rocco war zu einem riesigen Wolf geworden.

KAPITEL NEUNZEHN

Eine beschissene Situation ging in einen wahrhaftigen Albtraum über, als Rocco absichtlich das Werwolfgeheimnis vor der sehr menschlichen Val offenbarte, wobei er den Fehler in ihren Gesetzen ausnutzte, der Menschen eliminierte, die es wussten. Jemand sollte wirklich etwas gegen skrupellose Typen wie Rocco unternehmen, die es ausnutzten, um sich anderer zu entledigen.

Kits Mund wurde schmal. »Ich wünschte wirklich, das hätte er nicht getan.« Er griff in seinen Mantel und Ashers Magen zog sich zusammen, als eine Waffe zum Vorschein kam.

Wen plante Kit zu erschießen?

Nur für den Fall, dass es Val war, den einzigen Nicht-Werwolf, stellte Asher sich vor den Mann. »Wir sollten nicht unüberlegt handeln.«

»Dafür ist es jetzt ein wenig zu spät«, brummte Kit.

»Weg da. Oder willst du sehen, wie deine Frau gefressen wird?«

Was? Asher wirbelte gerade rechtzeitig herum, um zu sehen, wie der knurrende Rocco auf Val zusteuerte.

Bruce stellte sich als nutzlos heraus und brüllte: »Rocco, nein!« Als würde der Mistkerl jetzt anfangen, auf seinen Vater zu hören.

»Ich habe genug von diesem Zirkus«, murmelte Kit und zielte mit seiner Waffe.

Aber als er schießen wollte, riss Bruce ihn zu Boden und ließ den Schuss danebengehen. Der Knall der Pistole lenkte Rocco ab, aber nur für eine Sekunde. Lange genug, damit Asher auf ihn zulaufen konnte, während er seine Hose aufknöpfte und seine Schuhe auszog.

Er hatte sich gerade seines Hemdes entledigt, als Rocco weiter auf Val zupirschte, die noch immer gefesselt und eindeutig schockiert war.

»Warum kämpfst du nicht gegen jemanden deiner eigenen Art?«, rief Asher.

Rocco hielt lange genug inne, um ihn über eine pelzige Schulter hinweg zu mustern. Er schnaubte spöttisch. Der verdammte Mistkerl wollte einfach nicht akzeptieren, dass er verloren hatte. Nicht, ohne vorher noch mehr Schaden anzurichten.

Rocco stürzte auf Val zu.

Asher war die Zeit ausgegangen. Er trug noch immer seine Hose, aber das war ihm egal. Er explodierte und seine restlichen Klamotten zerrissen mit der

Dringlichkeit seiner Verwandlung, da er wusste, dass seine menschliche Gestalt in einem Kampf keine Chance gegen einen ausgewachsenen Wolf hatte. Er musste Val retten, und doch war er eine Sekunde zu spät. Rocco prallte gegen sie und neigte den Stuhl. Sie landete mit dem Rücken auf dem Boden und gab ein kurzes Stöhnen von sich.

Ein Schuss knallte und Rocco drehte leicht den Kopf. Die Pause reichte Asher, um zu einem Sprung anzusetzen. Er stieß mit Rocco zusammen, bevor der andere Wolf Val die Kehle herausreißen konnte. Der Schwung ließ sie beide taumeln.

Scheiß auf die Filme mit ihren Musikpartituren und Bildern in Zeitlupe. Einem Wolfskampf mangelte es an Anmut. Technik war nicht gerade Teil davon. Ihre Gestalten hielten sie in einem harten Kampf, der Pfoten mit Klauen und langen Schnauzen mit Zähnen beinhaltete, die zum Reißen gemacht waren. Es lief auf einen Test von Kraft und Ausdauer hinaus, bei dem viel geknurrt und geschnappt wurde. Sie rangen, um zu sehen, wer den besseren Griff bekommen konnte.

Ein Griff um den Hals würde den Kampf beenden. Ein Kampf, den Asher nicht verlieren durfte.

Er konnte Val keuchen hören, während sie darum kämpfte, sich zu befreien. Der Stuhl war nicht kaputtgegangen, aber das Seil um ihren Oberkörper hatte sich bewegt und gelockert.

Mit einem plötzlichen Ruck rollte Rocco sich von Asher weg und kroch auf dem Betonboden in Vals

Richtung. Der Mistkerl sprang, das Maul geöffnet, um sie zu packen.

Val brüllte: »Einen Teufel wirst du tun!« Sie trat gegen Roccos Schnauze, als er sie beißen wollte. Dann holte sie erneut mit dem Fuß aus und stieß ihn zurück.

Es erlaubte Asher, nahe genug zu kommen, um in ein Hinterbein zu beißen und das Arschloch von Val wegzuzerren. Er knurrte und schüttelte den Kopf, während er zog, wobei er seltene Freude an Roccos schmerzerfülltem Bellen hatte.

Rocco drehte sich und Asher verlor den Griff, zerriss aber dennoch Roccos Fleisch, als er sich abwandte. Verwundet. Asher drängte ihn weiter, konnte ihn öfter beißen und dominierte den Kampf. Die beiden schnaubten vor Anstrengung, bevor Asher über Rocco saß und seine Zähne am Hals des anderen Wolfes platzierte.

Er könnte es jetzt beenden, wenn er wollte. Dieses erbärmliche Exemplar von Wesen davon abhalten, jemals wieder jemandem wehzutun.

Bruce rief: »Töte nicht meinen Sohn.« Die Bitte eines Vaters, der sein einziges Kind liebte. Ein Mann, der die von Rocco begangenen Verbrechen ignoriert hatte.

Rocco zu töten würde der Welt einen Gefallen tun. Bruce auch. Dann konnte er aufhören, seinen Sohn zu decken.

Der Druck in Ashers Kiefer erhöhte sich und zerquetschte den Hals in seinem Griff. Rocco wurde panisch und wand sich, aber Asher hielt ihn zu fest. Er hätte ihn getötet, entdeckte jedoch Val, die ihn anstarrte. Sie hatte es geschafft, sich vom Stuhl zu befreien, und saß, den Kopf gedreht, wobei sie Kit ignorierte, der durch das Seil schnitt, das ihre Handgelenke fesselte.

Er wollte nicht, dass sie noch mehr Gewalt sah. Schlimm genug, dass sie ihn vermutlich bereits für ein Monster hielt. Es war besser, wenn Kit Rocco festnahm und für einen Prozess und seine Hinrichtung zum Lykosium schleppte. Manche Verbrechen waren zu massiv, um sie zu vergeben.

Asher drückte sich von dem keuchenden Körper am Boden ab. Er fragte sich, wie viel Blut in seinem Fell klebte. Val hatte noch nichts gesagt, aber sie stand auf, wobei sie Kits ausgestreckte Hand nahm und leicht in ihn hineinstolperte, bevor sie sich erholte.

Kit steckte sein Messer wieder in die Halterung seines leeren Holsters. Er musste seine Waffe verloren haben.

Noch immer in Wolfsgestalt, machte Asher einen Schritt in Vals Richtung. Sie zuckte nicht, aber ihre Lippen wurden schmal, genau wie ihre Augen.

Sie war definitiv nicht glücklich mit ihm, aber wenigstens zeigte sie keine Angst.

Plötzlich wurden ihre Augen groß und sie öffnete den Mund. »Asher, hinter dir!«

Es schien, als hätte Rocco nicht aufgegeben. Asher

wirbelte herum, für die Herausforderung gewappnet. Er hörte den Schuss, bevor er dessen Wirkung sah.

Ein Loch erschien zwischen Roccos Augen. Todesschuss. Der Wolf fiel leblos zu Boden.

»Mein Sohn«, schluchzte Bruce, der auf die Leiche zulief.

Es war schwer, Mitleid mit ihm zu haben, da er Teilschuld an Roccos Niedergang hatte. Wenn Bruce Rocco nur früher eingeschränkt hätte, bevor er so verdorben geworden war.

Was die Sache anging, wer geschossen hatte?

Kit sah Val stirnrunzelnd an. »Sie haben meine Waffe gestohlen.«

Sie wirkte ungerührt. »Ich habe nur ausgeglichen.«

»Geben Sie die zurück.« Kit streckte die Hand aus, bekam aber nur einen eisigen Blick.

»Wohl kaum.« Nicht die beste Antwort, wenn man bedachte, wen Kit repräsentierte.

»Dann behalten Sie sie. Ich werde mich später um Sie kümmern.« Kit bewegte sich in Bruce' Richtung. Der Mann kniete neben Roccos Leiche und schluchzte offen.

Asher verwandelte sich zurück in seine zweibeinige Gestalt. Warum auch nicht? Es war nicht so, als könnte er verbergen, was er war. Nicht mehr. Er wollte es wenigstens erklären können. »Val, ich –«

»Würdest du bitte etwas anziehen? Ich rede mit dir über gar nichts, solange dein Schwanz herumbaumelt.« Sie wandte den Blick von ihm ab.

Er hielt schockiert inne. »Äh, tut mir leid.« Ein Blick zeigte, dass das einzig Verfügbare seine ruinierte Hose war. Werwölfe vergaßen oft, wie prüde Menschen hinsichtlich der Nacktheit werden konnten. Er band die Fetzen um seinen Schritt. »Ist das besser?«

»Kaum.«

»Wenn du dich übertrieben angezogen fühlst, könntest du deine Klamotten ausziehen.« Angesichts ihrer Miene sagte er verlegen: »Zu früh?«

»Viel zu früh, um sich gleichgültig zu verhalten. Was zum Teufel geht hier vor sich, Asher?«

»Es ist kompliziert.«

»Kompliziert ist, wenn du mit jemand anderem verheiratet bist. Das hier ist verdammt wahnsinnig.«

»Es ist –«

Die Unterbrechung kam in Form eines Kreischens. »Du hast meinen Mann getötet!« Melinda kam zwischen den Kisten hervor und schwang eine Metallstange, die nie ihr Ziel traf.

Knall.

Melinda fiel zu Boden, schrie vor Schmerzen über das Loch in ihrem Bein und verfluchte dann die Person, die sie angeschossen hatte. »Du Fotze! Wie kannst du es wagen, mich töten zu wollen?«

»Wenn ich dich tot sehen wollte, hättest du ein Loch im Kopf, das zu deinem Mann passt.« Val war noch nie wilder erschienen.

»Verdammter Mensch. Ich werde dich ausweiden«, zischte Melinda.

Val, die viel zu ruhig war, ging hinüber und drückte die Mündung an Melindas Stirn. »Du führst mich wirklich in Versuchung, dieses schrille Maul dauerhaft zu stopfen.«

Klugerweise hielt Melinda den Mund. Sie umklammerte ihr Bein und funkelte sie an.

Val betrachtete den Bereich, und als wäre sie zufrieden, dass die Bedrohungen beseitigt waren, steckte sie die Waffe in ihren Hosenbund, bevor sie auf ihn zusteuerte.

Er lächelte. »Prinzessin, ich bin –«

Er hätte die Ohrfeige erwarten sollen.

KAPITEL ZWANZIG

Wut floss durch Val hindurch. Dieser lügende Arsch. Das war ein Mordsding von pelzigem Geheimnis.

Gleichzeitig ließ Angst ihr das Blut in den Adern gefrieren. Weil sie beinahe gestorben wäre.

Hineingemischt war Faszination, denn heilige Scheiße, Werwölfe existierten. Einschließlich Asher, der von Wolf zu nacktem Mann überging und die Fetzen seiner Hose nahm, um sie sich um die Taille zu binden, damit sein Gehänge verborgen war. Damit blieb noch immer der Großteil von ihm nackt. Ohne sein Fell musste ihm kalt sein.

Verdammtes Fell.

Sie konnte es immer noch nicht glauben. Als Rocco sich in einen Wolf verwandelt hatte, dachte sie zuerst, sie hätten ihr Drogen verabreicht. Aber es war real.

Zu real. Dann verwandelte Asher sich und die Leine, die sie an ihrem Verstand und ihren Emotionen hatte, riss.

Sie ohrfeigte Asher.

Es fühlte sich gut an, also schlug sie ihm als Nächstes in die Magengrube. Als würde man eine verdammte Wand schlagen.

Sie drückte ihre Nase an seine und fauchte: »Was zum Teufel? Wie konntest du mir nicht sagen, dass du eine tobende Bestie bist?«

»Wenn ich tobend war, dann nur, weil du in Gefahr warst.« Eine leise Antwort, die ihren Zorn verdampfen ließ.

»Ich kann mich selbst verteidigen.«

»Das habe ich gesehen.«

Da sie nicht abschätzen konnte, wie er tatsächlich darüber empfand, dass sie jemanden getötet hatte, fügte sie schnaubend hinzu: »Es war Selbstverteidigung.«

»Ich weiß. Ich war da, erinnerst du dich?«

»Ich hätte nichts tun müssen, wenn du dich um ihn gekümmert hättest«, beschwerte sie sich. Zunächst erschien es, als würde Asher Rocco töten. Dann, als er den anderen Wolf tatsächlich an der Kehle hatte, ging er.

»Ich war besorgt, du würdest ausflippen, wenn du siehst, wie ich einen Mann töte.«

»Das war kein Mann.« Es klang ausdruckslos. Er kniff die Lippen zusammen und sie fügte hinzu: »Psychos, unabhängig von ihrer Gestalt, dürfen nicht frei herumlaufen.«

»Daran werde ich nächstes Mal denken.« Er blickte zu Melinda, die meckerte, während Kit ihre Hände fesselte, anstatt sich um ihre Wunde zu kümmern. »Ich bin überrascht, dass du sie am Leben gelassen hast.«

»Um eine Anklage zu vermeiden, wird vielleicht jemand gebraucht, der Rocco nahesteht, um all seine Sünden zu beichten.«

»Wir können nicht zur Polizei gehen.«

»Ich schätze nicht.« Denn wie genau konnten sie einen toten Wolf erklären, der sich langsam wieder in einen Menschen zu verwandeln schien? Verrückt. Sie erschauderte.

»Geht es dir gut?«

»Nicht wirklich.« Das Geständnis entwich ihr, bevor sie es aufhalten konnte.

Als er sie in die Arme nehmen wollte, trat sie zurück, da sie noch nicht bereit war. Sie hatte Fragen. »Wie kommt es, dass du mir nie von deiner Tiersache erzählt hast?«

»Wie genau wäre diese Unterhaltung verlaufen? Liebe Prinzessin, ich bin ein Werwolf, der sein Steak medium, nicht roh mag, und der gern auf vier Beinen und pelzig im Licht des Vollmonds läuft.«

»Das ist nicht witzig.«

»Allerdings.«

Sie blickte zu seiner eisigen Miene auf. Es war kein Funke Humor zu sehen. »Das ist wirklich verkorkst.«

»Das ist es.«

Sie wollte schreien, aber seine leisen Antworten machten es unmöglich. Schlimmer, sie konnte nicht wütend auf ihn bleiben. Sie rieb sich mit einer Hand über das Gesicht. »Ich brauche Wein. Ein ganzes Fass. Und ein paar wirklich zuckerhaltige Süßigkeiten, denn du hast einiges zu erklären.«

»Versprochen. Ich werde dir alles erzählen, sobald ich dich ins Hotel zurückgebracht habe.«

Was der Moment war, in dem Bruce, der möglicherweise ein schlechterer Vater war als ihr eigener, das Bedürfnis verspürte, Luft zu verschwenden. »Warte einen Moment. Der Mensch kann nicht gehen. Sie hat nicht den Eid geschworen.« Bruce zeigte anschuldigend auf sie.

Da ein Großteil der Schuld für Roccos Handlungen ihm zuzuschreiben war, musste sie der Versuchung widerstehen, die Waffe zu ziehen und ihm zu zeigen, was sie von seinen elterlichen Fähigkeiten hielt.

Bevor sie mit ihrer Zielgenauigkeit beeindrucken konnte, schritt Asher zu ihrer Verteidigung. »Natürlich hat sie nicht den Eid geschworen, weil sie es nicht so herausfinden sollte. Dafür kannst du deinem Sohn die Schuld geben.«

»Das ändert nicht die Tatsache, dass sie es weiß und eine Belastung ist. Man muss sich jetzt um sie kümmern.« Bruce verstärkte sein stures Verhalten.

Asher, der vor Zorn beinahe bebte, schoss zurück. »Ich werde mich um meine Gefährtin kümmern.«

Bruce spottete: »Es ist egal, was sie ist. Menschen müssen den Eid schwören, um unser Geheimnis zu kennen, sonst stellen sie sich den Konsequenzen. Gesetz ist Gesetz, richtig, Vollstrecker?« Er wandte sich an Kit, der eine SMS zu schreiben schien.

»Sie sind wirklich ein widerlicher Kerl«, murmelte Kit zur Antwort. »Ich sehe, wo der Sohn es herhatte.«

»Aber ich habe recht.« Bruce wirkte triumphierend.

Asher wurde blass.

»Wovon spricht er? Was ist dieser Eid? Warum ist es eine große Sache?« Denn sie verstand die Unterhaltung noch immer nicht.

Asher spannte den Kiefer an und presste seine Worte hervor. »Es ist ein bindendes Versprechen, das ein Mensch gibt, damit er anderen nicht von uns erzählen kann.«

»Uns im Sinne von Werwölfe, im Plural? Denn du und Rocco seid offensichtlich nicht die einzigen.«

Er nickte.

Werwölfe existierten. Wie viele genau? Egal. Sie hatte keine Wahl.

Sie atmete lautstark aus. »Ich soll schwören, dass ich es nicht weitererzähle? Gut. Euer Geheimnis ist bei mir sicher. Als würde mir das überhaupt jemand glauben.« Letzteres murmelte sie leise vor sich hin.

»So einfach ist es nicht«, erklärte Asher. »Du musst

deinen Eid gegenüber einem Alpha leisten, damit die Magie funktioniert.«

»Magie?« Sie prustete. Auf der anderen Seite war ihre Ungläubigkeit vielleicht unangebracht, wenn man bedachte, was sie soeben gesehen hatte.

»Viel Glück dabei, rechtzeitig einen zu finden, denn ich helfe euch nicht.« Bruce war auch weiterhin ein riesiges Arschloch.

Kit ignorierte sie alle, um zu der kriechenden Miranda zu schreiten, die sich von ihren gefesselten Händen und Füßen nicht aufhalten ließ.

»Bin ich zu spät?« Rok trat in Erscheinung.

Meadow wirkte erschüttert, klammerte sich jedoch an seine Seite. Nova und Poppy flankierten sie, wobei Letztere mit ihrer entschlossenen Miene am überraschendsten war.

»Das hat mit dir nichts zu tun, Fleetfoot.« Bruce konzentrierte seinen Zorn auf die Neuankömmlinge.

»Da widerspreche ich. Er«, Amarok neigte den Kopf in Ashers Richtung, »gehört zu mir.«

»Aber er hat die Regeln in meinem Territorium gebrochen«, knurrte Bruce.

»Eigentlich gehört es nicht Ihnen«, verkündete Kit, der sich von Melindas Körper erhob, deren Handgelenke jetzt an ihren Knöcheln befestigt waren. »Als Botschafter des Lykosiums und Vollstrecker ihrer Gesetze erkläre ich, dass das Festivus Pack unter der Vormundschaft des Lykosiums steht, bis Sie sich für

Ihre Verbrechen und die Ihres verstorbenen Sohnes verantwortet haben.«

»Das kannst du nicht tun. Ich wusste nichts von Roccos Plänen«, tobte Bruce.

»Was bedeutet, dass Sie entweder absichtlich ignoriert haben, was direkt vor Ihrer Nase geschah, oder Sie waren zu dumm, um es zu sehen. Welches davon ist es?«, antwortete Kit trocken.

»Ich werde nicht ins Gefängnis gehen.«

»Das ist nicht Ihre Entscheidung.«

Als Bruce fliehen wollte, überwältigte Nova ihn und nahm die Kabelbinder entgegen, die Kit ihr reichte, um ihn zu fesseln. Niemand schien allzu schockiert über die Ereignisse zu sein, die sich dramatischer entwickelten als in jeder Seifenoper.

Während Val sie alle musterte, erkannte sie plötzlich etwas. »Heilige Scheiße, ihr steckt alle unter einer Decke.« Sie blickte zu Meadow, die sich auf die Unterlippe biss. »Selbst du. Du wusstest von dieser Wolfsache.«

»Es tut mir leid. Ich konnte es dir nicht sagen.«

»Ich bin deine beste Freundin.« Es kam wütend heraus, um den Schmerz zu verbergen.

Das war der Moment, in dem Rok vor Meadow trat, als wollte er sie abschirmen. »Gib ihr nicht die Schuld. Sie hat mir ein Versprechen gegeben und es gehalten.«

»Und wer genau ist dein wahres Ich? Denn du bist offensichtlich nicht nur irgendein Farmbesitzer.«

»Ich bin der Alpha des Feral Packs.«

»Feral? Also wild?« Val zog eine Augenbraue hoch. »Was bedeutet das? Ihr seid alle tollwütige Killer?«

»Es könnte nicht weiter von der Wahrheit entfernt sein. Und ich kann es erklären.« Rok räusperte sich und sah eine Sekunde lang weg. Eine leichte Röte durchzog sein Gesicht. »Ich war betrunken, als der Name unseres Rudels gewählt wurde.«

»Aber er ist perfekt, denn jeder Einzelne unseres Rudels würde bei jedem wild werden, der es wagt, einen von uns zu verletzen«, sagte Nova.

»Sie sind gute Leute«, erklärte Meadow mit hochgerecktem Kinn.

Val peilte Meadow an. »Meine Güte, du bist auch einer von ihnen. Ich hatte recht. Ihr seid in einem Kult!«

Alle starrten Val schockiert an. Nova durchbrach die Stille mit schallendem Gelächter. »Ich schätze, das sind wir.«

»Wir denken darüber nach, unseren Rudel-Slogan zu ›Schließt euch uns an, weil wir die besten Kekse servieren‹ zu machen«, fügte Poppy hinzu.

»Das ist verrückt«, murmelte Val.

»Würde es helfen, wenn ich sage, dass wir sie nicht lecken?« Asher versuchte, die Stimmung aufzuheitern.

Sie funkelte ihn an. »Immer noch zu früh für Witze.« Sie weigerte sich, überhaupt an die Tatsache zu denken, dass er auf das Lecken ihrer Hoden angespielt hatte. Igitt. Stattdessen konzentrierte sie sich auf etwas anderes. »Amarok hat Bruce gesagt, du gehörst zu ihm. Was bedeutet das?«

Rok antwortete: »Asher ist mein Beta. Meine rechte Hand.« Womit er in der Hierarchie wichtig war, so wie es klang.

»Wir haben alle unsere Rollen«, fügte Asher hinzu.

»Ich bin die ansässige Lesbe«, sagte Nova zwinkernd.

»Das ist zu viel Seltsamkeit für einen Tag.« Val wollte gehen, aber Kit blockierte den Ausgang. Sie hatte keine Geduld mehr. »Aus dem Weg.«

»Ich fürchte, unsere Angelegenheit ist noch nicht ganz abgeschlossen.«

»Deine vielleicht nicht, aber ich bin fertig.« Sie zog die Waffe, die sie behalten hatte. »Weg da.«

Es waren Ashers sanfte Worte, die sie aufhielten. »Du kannst noch nicht gehen, Prinzessin.«

»Ich kann nicht?« Sie wirbelte herum und richtete die Waffe auf Asher. »Wirst du mich aufhalten?«

»Wenn ich das muss. Mir wäre es lieber, wenn du mich nicht dazu zwingst.«

»Dich zwingen? So viel dazu, dass du etwas für mich empfindest«, spottete sie.

»Selbst für dich gibt es ein paar Regeln, die ich nicht brechen kann.« Asher wirkte getroffen. Seine Schultern waren zusammengesackt.

»Sie sollten auf Ihren Gefährten hören, Valencia Berlusconi.« Kit war derjenige, der sprach.

»Oder was?«, fauchte sie den Rotschopf an.

»Auch wenn ich verstehe, dass die Situation nicht Ihre Schuld ist, sollten Sie verstehen, dass ich Sie töten werde, um das Werwolfgeheimnis zu schützen.«

Sie musterte Kit. Sah ihren Tod in seinen Augen. Er würde es tun. Ohne Skrupel.

Sie wandte sich an Amarok. »Jemand hat gesagt, ich müsste einem Alpha schwören. Wirst du reichen?«

Er nickte.

»Ist irgendeine bestimmte Rede nötig?«

»Sprich deinen Eid einfach laut aus.«

Durch steife Lippen murmelte Val ihren Eid. »Ich verspreche, niemandem von der Tatsache zu erzählen, dass stinkende Werwölfe existieren, dass meine beste Freundin eine mit Flöhen befallene Bestie heiratet oder dass ich Dummkopf mit einem haarigen, lügenden Hund geschlafen habe. Zufrieden?« Sie blickte finster drein.

»Ich akzeptiere deinen Eid«, sagte Rok in tiefem, feierlichem Tonfall.

Ein Zischen ging durch sie hindurch. Sie runzelte die Stirn, aber alle anderen wirkten erleichtert. »War es das? Ich habe es versprochen, also darf ich jetzt gehen?«

Kit trat als Antwort zur Seite.

Sie stolzierte aus dem Lagerhaus und hörte, wie jemand ihr folgte. Es war nicht Asher auf ihren Fersen, sondern Meadow.

»Val, mach langsam. Jetzt, da du geschworen hast, kann ich es erklären.«

»Jetzt kannst du?« Sie wirbelte herum. »Wie ist es mit zuvor, als ich besorgt war, du würdest in irgendeinen Kult einheiraten? Nur um herauszufinden, dass es ein Kult *ist*, und ein seltsamer noch dazu.«

»Sie sind wirklich gute Leute.«

»Da bin ich mir sicher. Mit der Mutter aller Geheimnisse. Um Himmels willen, Meadow. Du warst nicht da, um es zu sehen. Sie sind Bestien. Als Asher und Rocco gekämpft haben ...« Sie hielt inne, als sie sich an die Grausamkeit in diesem Moment erinnerte. Sie fuhr sich mit den Fingern durchs Haar. »Meine Güte, ich brauche Wein.«

»Wir alle könnten ein Glas vertragen, glaube ich.« Nova erschien mit Vals Schlüsselbund in der Hand. »Aber du brauchst den hier vielleicht, um irgendwo hinzukommen.«

»Die Jungs haben gesagt, wir sollen zurück zum Hotel, während sie sauber machen.« Eine blasse Poppy kam dazu und umarmte sich selbst.

Val streckte eine Hand aus. »Worauf warten wir?«

Nova hielt die Schlüssel fest. »Ich fahre.«

»Mein Auto«, argumentierte Val.

»Du bist nicht in dem Zustand, um hinter dem Steuer zu sitzen.«

So wie ihr Kopf pochte, konnte Val nicht wirklich widersprechen. Wenigstens wusste Nova, wie man richtig raste, und fuhr noch schneller, als Poppy rief: »Mach langsam.« Meadow saß mit Val auf der Rückbank, hielt ihre Hand und sagte noch nichts. Gut, denn Val verarbeitete noch immer, was passiert war.

In Windeseile waren sie im Penthouse und bestellten Alkohol und etwas zu essen.

Val sank auf die Couch und seufzte. »Was für eine Nacht.«

»Geht es dir gut?«, fragte Meadow zögerlich, was ihrer sonst aufgedrehten Art gar nicht ähnlichsah.

Sie öffnete ein Auge, um sie anzufunkeln. »Ich kann immer noch nicht glauben, dass du die Werwolfsache vor mir verheimlicht hast.«

»Ich hatte keine Wahl.«

»Weil sie dich zur Geheimhaltung verpflichtet haben. So viel zum Beste-Freunde-Schwur.« Val verzog das Gesicht. »Apropos Geheimnisse, was ist mit meiner Tante passiert?« Zuletzt hatte sie sie im Casino gesehen.

»Wir haben ihr gesagt, dass du und Asher losgezogen seid, um jung und romantisch zu sein, und als wir behaupteten, es sei Schlafenszeit, hat sie sich entschieden, bei ihrem Freund im Casino zu bleiben.«

»Gut.« Es bedeutete, dass ihre Tante keine Ahnung von dem Chaos hatte, in dem sie irgendwie gelandet war.

»Willst du darüber reden, was passiert ist?« Poppy sprach die sanfte Einladung aus.

»Noch nicht.« Auch wenn sie eine drängende Frage hatte. »Wie war der Kuchen?«

Das Video, das sie abspielten, brachte sie zum

Lachen. Besonders angesichts Roks entsetzter Miene, als ein Teil der Sahnefüllung, die aus dem Schwanz herausspritzte, auch ihn traf.

Val blieb danach nicht lange auf, schleppte sich zum Bett und sagte zu Meadow, sie solle sich verziehen mit ihrem ganzen »Ich werde dich alle zwei Stunden wecken«. Sie hatte keine Gehirnerschütterung. Was sie hatte, war ein schmerzendes Herz, denn der eine Kerl, von dem sie dachte, Gefühle für ihn zu haben, stellte sich als jemand anderes heraus.

Ein Mann mit einem pelzigen Geheimnis, der ihr zur Rettung gekommen war.

Was vielleicht der Grund war, warum sie ihn, als sie morgens aufwachte und ihn am Fuß des Bettes schlafen sah, nicht mit der Waffe unter ihrem Kissen erschoss, sondern murmelte: »Keine Hunde auf dem Bett.«

KAPITEL EINUNDZWANZIG

Nicht gerade die beste Begrüßung, aber Asher nahm es als positives Zeichen, dass er die Dinge mit Val vielleicht in Ordnung bringen konnte.

Als Val am vorherigen Abend gegangen war, wollte er ihr folgen; allerdings rief die Pflicht. Eine Pflicht, die damit begann, die Leiche loszuwerden, die mitten in der Verwandlung steckte. Wenn man sie liegen ließ, würde sie eventuell vollständig menschlich werden. Kein Risiko, das sie eingehen konnten. Sie wurde Teil des brennenden Infernos, das all die Drogen zerstörte. Aber sie steckten das Lagerhaus nicht in Brand, bis sie all die Computerfestplatten und Dateien in Kits dunkle Limousine gepackt hatten, die ein paar Blocks entfernt geparkt war.

Wenigstens mussten sie sich keine Sorgen um Kameras machen, die ihre Bewegungen aufnahmen.

Rocco hatte in der Platzierung seines Geschäfts ausnahmsweise einmal Verstand gezeigt. Sobald das Lagerhaus brannte, ohne Hoffnung, dass die Feuerwehr etwas anderes als Asche und Knochenfragmente fand, begleiteten Asher und Amarok Kit zum Flughafen, wobei sie Roks Wagen benutzten. Sobald Kit weg war, würde er zur Zerstörung auf den Schrottplatz gebracht.

Während sie halfen, den Privatjet mit Leichen und Beweisen für Roccos Verbrechen zu beladen, zog Kit Asher beiseite. »Das Festivus Pack braucht jemanden, der es anführt, während ein neuer Alpha gewählt wird.«

»Nicht ich.« Er sagte es, obwohl er die Bitte in Kits Stimme hörte.

»Doch, Sie. Zumindest bis wir jemand Passendes finden können.«

»Frag Rok. Er ist gut darin, Leute herumzukommandieren.«

»Er hat sein eigenes Rudel zu führen.«

»Genau. Ein Rudel, in dem ich sein Beta bin.«

»Einer von zweien. Diese Art von innerer Rudelhilfe ist genau das, was von jemandem in Ihrer Position erwartet wird.«

»Ich kann nicht einfach umziehen. Rok heiratet in einer Woche.«

»Niemand hat gesagt, Sie könnten nicht besuchen. Oder dass Sie nicht delegieren können. Dieser Gordie scheint anständig zu sein. Und ich bin mir sicher, Ihre Schwester würde sich freuen, Sie eine Weile bei sich zu haben.«

Er verzog das Gesicht. »So macht man mir Schuldgefühle.«

»Das sind keine Schuldgefühle. Man nennt es moralisches Gewissen. Es scheint bei einigen Rudeln heutzutage rar gesät zu sein.« Kit gab dem Piloten ein Signal, der den Ladebereich schloss und in das Flugzeug stieg, um es abflugbereit zu machen.

»Der Boss zu sein ist viel Arbeit. Ich weiß nicht, ob ich diese Verantwortung dauerhaft will.«

»Es wären ein paar Wochen, höchstens Monate. Beenden Sie nur jegliche Streitigkeiten und sorgen Sie dafür, dass niemand etwas Dummes tut.«

»Und was ist mit Val?«

»Was ist mit ihr? Ihre Gefährtin. Ihr Problem.«

Wann war sein Leben so kompliziert geworden?

Der Grund funkelte ihn an, wobei sie zerknittert und wunderschön wirkte. Und genervt.

Es machte seine Entscheidung zu einer guten, als er spät im Penthouse ankam. Anstatt sie zu stören, indem er neben sie ins Bett kroch, kuschelte er sich in den großzügigen Fußbereich.

Er streckte sich und murmelte: »Ich verspreche, ich haare nicht.«

»Ich schlafe nicht mit Tieren.«

»Hilft es, wenn ich sage, dass ich mit meinen Impfungen auf dem Laufenden bin?«

»Ich hasse Hunde.«

»Gut, dass ich ein Wolf bin.«

Sie schürzte die Lippen. »Das ist nicht witzig.«

»Nein, ist es nicht, weshalb wir vermutlich darüber reden sollten.«

»Du meinst die Tatsache besprechen, dass du mich angelogen hast.«

»Nicht absichtlich. Sicherlich kannst du verstehen, warum wir es geheim halten.«

»Ich bin nicht dumm. Offensichtlich kannst du es nicht einfach jedem erzählen.« Was mit ihrem schmollenden Tonfall ungesagt blieb: Warum hielt er sie nicht für würdig?

»Ich wollte es dir sagen, aber wir haben uns erst vor ein paar Tagen kennengelernt und es hat keinen richtigen Zeitpunkt gegeben. Dann ist letzte Nacht passiert –«

»Beteiligst du dich oft an Todeskämpfen?«

»Nein. Letzte Nacht ist nicht die Norm für unsere Art.«

»Du meinst, ihr seid nicht alle ein Haufen Größenwahnsinniger, die gern Frauen entführen und foltern?«

Seine Mundwinkel zuckten. »Wir sind arrogant, aber Psychos wie Rocco sind selten.«

»Nicht wirklich, da ich seine Frau kennengelernt habe. Verrückt.« Sie drehte einen Finger an der Seite ihres Kopfes. »Ich muss sagen, ich glaube, da bist du gerade so davongekommen.«

Er erschauderte. »Was du nicht sagst.« Er hielt

inne, bevor er fortfuhr: »Also, wie viel hast du letzte Nacht erfahren?«

»Nicht viel, weil ich ehrlich gesagt einfach nur angenehm betrunken sein und ins Bett gehen wollte. Obwohl das Besprechen der ganzen Werwolfsache mich daran erinnert hat, dass ich in Silber investieren sollte, falls es jemals herauskommt.«

»Das habe ich bereits.« Er grinste. »Es war Reece' Vorschlag, als letztes Jahr ein Video auftauchte. Wir dachten, unser Geheimnis sei Geschichte, aber der Lykosium-Rat hat es geschafft, es zu diskreditieren.«

»Sie sind ...«, drängte sie.

»Diejenigen, die die Rudel samt ihrer Mitglieder unter Kontrolle halten.«

»Was auf ein Regierungslevel hindeutet. Verdammt.« Sie lehnte sich an die Kissen. »Ich kann nicht glauben, dass du zum Mond heulst.« Sie biss sich auf die Unterlippe. »Ist es ansteckend?«

»Nein. Wir werden so geboren.«

»Geboren?« Ihre Augen wurden groß. »Wird Meadow mit Rok Welpen bekommen?«

»Ich befürchte, sie werden recht normal erscheinen. Allerdings werden sie vermutlich nach ihrem Vater kommen, da die Werwolfgene zur Dominanz neigen, auch wenn sie mit einem Menschen gemischt sind.«

»Wenn du Rudel sagst, bedeutet das, dass ihr alle wild im Wald herumlauft und an Bäume pinkelt, um euer Revier zu markieren?«

»Nur wenn wir sicher Privatsphäre haben.«

»Deshalb lebt ihr in der Provinz.« Sie runzelte die Stirn, während sie an der Bettdecke zupfte. »Bruce und seine Bande haben sich aber für die Stadt entschieden. Und deine Schwester ... ist sie auch ein Wolf?«

Er nickte. »Und meine Mutter.«

»Heilige Scheiße.« Sie schien das oft zu sagen.

»Alles gut, Prinzessin?«

»Ich bin nur ein wenig überwältigt. Ich habe den Eindruck, dass es Unmengen gibt, die ich noch nicht weiß.«

»Gut, dass wir ein Leben lang haben, in dem du lernen kannst.«

»Leben?« Ihre Stimme klang schwach.

»Ich habe dich gewarnt, dass es für immer ist, sobald wir miteinander schlafen.«

»Theoretisch gesehen hatten wir keinen Sex.«

»Nein, hatten wir nicht, und doch ändert sich dein Duft.«

»Wie bitte?«

»Das ist nichts, was dir auffallen wird. Keinem Menschen fällt es auf. Das ist eine Werwolfsache. Wenn es eine richtige Paarung gibt, verändert sich der Duft des Paares zu etwas, das sie beide kombiniert. So wissen andere, dass sie wegbleiben sollen.«

»Aber wir hatten keinen Sex«, betonte sie. Nicht wirklich. Nur in ihrem Kopf hatten sie es ein Dutzend Mal getrieben.

»Wir hatten allerdings gemeinsam einen Orgasmus, und wie ich mich erinnere, waren Flüssigkeiten im Spiel.« Er zwinkerte.

»Mit anderen Worten, du hast mich mit Sperma markiert.«

»Wie ich mich erinnere, hast du geschluckt.«

Sie stöhnte. »Erinnere mich nicht daran. Ich kann nicht glauben, dass ich einem Kerl, der sich seine Eier leckt, erlaubt habe, seine Zunge in mich zu stecken.«

Er grinste. »Jetzt, da wir einander gefunden haben, muss ich das nicht mehr tun.«

Sollte heißen, sie würden vögeln. Und wenn er es ernst meinte, dann ein Leben lang ausschließlich mit ihm. »Ich glaube nicht, dass ich hierfür bereit bin.«

»Ich habe dich gewarnt.«

»Ich dachte, du würdest flirten und süß sein. So etwas wie für immer gibt es nicht.«

»Das ist, wenn du deinen wahren Gefährten findest.«

»Mich?«, fragte sie.

»Dich.«

»Was, wenn wir einander in einer Woche hassen?«

»Zweifelhaft.«

»In einem Monat?«

Er zog sie in seine Arme. »Hab keine Angst, Prinzessin.«

»Ich habe keine Angst.«

»Alles wird funktionieren. Wir sind füreinander bestimmt.«

UNGEZÄHMTER BETA

»Woher weißt du das?«
»Weil ich dich liebe.«

KAPITEL ZWEIUNDZWANZIG

Asher platzte mit »Ich liebe dich« heraus und ihr erster Impuls bestand darin zu lachen. Wie konnte er das sagen? Sie kannten einander erst seit wenigen Tagen.

Es fühlte sich länger an. Und sie konnte verstehen, warum er dachte, es könnte Liebe sein. Die Intensität zwischen ihnen war anders als alles andere, was sie je erlebt hatte.

Dennoch ...

Ihre Erwiderung: »Es ist Begierde.«

»Ich weiß, wie sich Begierde anfühlt. Glaub mir, das ist mehr als das.«

»Aber ist es das? Ich weiß nichts über dich. Oder du über mich.«

»Nun, ich weiß, dass du eine große Familie hast, und ich mag deine Tante Cicily.«

»Was du nicht weißt, ist, dass meine Eltern

abhängig waren. Von Glücksspiel und Drogen. Sie dachten sich nichts dabei, mich als Unannehmlichkeit aufzugeben. Meine Familie hat mich abwechselnd aufgenommen, als ich jung war. Als ich älter wurde, habe ich gelernt, die Dinge allein zu regeln.«

»In meinem Fall ist mein Vater gestorben, als wir jung waren. Ich habe mit zwölf angefangen, für Geld zu arbeiten, damit ich aushelfen konnte.«

»Ist das ein Wettbewerb um die härteste Kindheit?«

»Ich will dich wissen lassen, dass ich diese Probleme verstehe.«

»Und doch habe ich nicht den Eindruck, dass deine Mutter dich vernachlässigt hat.«

»Und ich würde wetten, dass deine Familie ihr Bestes getan hat, dir Unterstützung anzubieten, auch wenn du sie abgewiesen hast.«

Ihr Blick wurde finster. »Als hätte ich nicht gewusst, dass sie diejenigen waren, die Lebensmittel in unseren Kühlschrank gelegt haben, wenn ich in der Schule war.« Ihre Eltern dachten nie an die Grundlagen, wie Geld für Lebensmittel zu benutzen. Ihre Großeltern waren diejenigen, die jeden Herbst am Tag, bevor die Schule begann, einen neuen Rucksack voller Zubehör am Fuß ihres Bettes hinterließen.

Sie redeten den ganzen Morgen und kamen für Essen und ein wenig Geselligkeit mit den anderen heraus, bevor sie aufbrachen. Da Astra in der Nacht zuvor Braxton-Hicks-Wehen bekommen hatte, hatten

Meadow und ihre Gruppe – denn sie würde Amarok nicht als Chef sehen – entschieden, einen Tag früher zurückzukehren.

Val war nicht bereit, nicht mit noch immer schmerzendem Kopf, und um ehrlich zu sein, brauchte sie mehr Zeit, um die Dinge zu verarbeiten. Es war keine Überraschung, dass Asher mit ihr zurückblieb. Er drängte sie nicht dazu, etwas anderes zu tun als zu reden.

»Frag mich alles.« Und er meinte es.

Sie begann mit den sanften Fragen und nicht mit denen, die er erwartete. Sie wollte den Mann kennenlernen. Erster Kuss. Erster Fick. Erste Liebe war das, wobei er schließlich grummelte.

»Melinda. Zu meiner Verteidigung, sie hat mir nie ihre beschissene Seite gezeigt.«

»Fühl dich nicht schlecht. Ich bin auch mit einem Arsch ausgegangen, von dem ich dachte, ich würde ihn lieben.«

»Rückblickend weiß ich nicht, wie ich je dachte, ich sei verliebt.« Er schüttelte den Kopf.

»Und doch bist du überzeugt, dass es das ist, was du jetzt fühlst.«

»Da ist etwas zwischen uns, Prinzessin. Es berauscht. Verängstigt. Lässt mich Dinge wollen, die ich nie zuvor wollte.«

Seltsam, wie er es schaffte, dieselben Dinge zu artikulieren, die sie fühlte.

Obwohl sie an diesem Morgen geduscht hatte,

brauchte sie nach dem Abendessen eine weitere Dusche, da Hummer mit der Hand gegessen werden musste und die Buttersoße über ihre Vorderseite tropfte. Es bot ihr eine Flucht vor Asher, nicht dass sie etwas gegen seine Anwesenheit hatte. Mehr dagegen, was er mit ihr machte, ein Zustand des Bewusstseins, um den sich gekümmert werden musste.

Sie ließ ihn ihr Abendessen wegräumen und ging unter die Dusche. Sie ließ die Tür offen, eine subtile Einladung, da sie nicht bereit war, einfach zu fragen. Sie zog sich aus und stellte sich unter das heiße Wasser, welches über ihren Körper strömte.

Schön, aber nicht so schön, wie sich seine Hände anfühlen würden. Seufz. Ihr Zustand der Erregung wurde nicht besser, als sie sich Asher bei sich unter der Dusche vorstellte, wie er seinen großen Körper an ihren presste und sie streichelte.

Zwischen ihren Beinen pulsierte es, und die Stelle selbst zu berühren machte es nur schlimmer. Weil sie ihn wollte. Sie wollte, dass seine Zunge leckte und saugte.

Sie nahm mit ihren Fingern vorlieb und streichelte zwischen ihren Schamlippen, während sie sich an die geflieste Wand lehnte. Sie tauchte ein und wieder hinaus, bevor sie allein ihre Klitoris streichelte, um ihr die Reibung zu geben, die ihre Muschi zusammenzog.

Ein leises Geräusch ließ sie die Augen öffnen, und trotz der beschlagenen Glaswand sah sie Asher in der Tür stehen. Er sah zu. Seine Lider waren gesenkt.

Obwohl er erwischt worden war, wandte er nicht den Blick ab.

Sie beugte einen Finger.

Er zog sich aus, während er näher kam und die schlanken Linien seines Körpers offenbarte. Er schloss sich ihr in der Dusche an, womit der große Raum plötzlich wesentlich enger wurde.

Tat sie das Richtige?

Ja, war die Antwort, als sein Mund den ihren traf, eine sanfte, träge Umarmung, die ihren Rücken an die Wand drückte, während sie ein Bein um seine Taille hakte. Sein Körper presste zwischen ihre Oberschenkel, als er sie küsste. Sie grub ihre Fingernägel in seine Schultern.

Er war ein komplexer Mann. Vielleicht nicht der Richtige. Und doch ließ sich nicht leugnen, dass sie sich mit Asher lebendig fühlte. Gewollt. Und so begierig, dass sie die Kontrolle übernahm und mit den Händen über seinen steinharten Körper fuhr. Ihre Lippen folgten dem Pfad ihrer Hände. Knabberten. Saugten. Beanspruchten die glatte Haut.

»Prinzessin«, murmelte er, bevor er auf die Knie ging, sodass er auf Augenhöhe mit ihrem Schritt war. Sie wäre vielleicht enttäuschter gewesen, wenn sie nicht gewusst hätte, was sie zu erwarten hatte.

Er blies auf sie, heißer Atem, der sie erschaudern ließ. Er presste einen Kuss auf ihren Schamhügel und sie packte ihn am Haar, um zu zischen: »Reiz mich nicht.«

Er stürzte sich mit der Zunge auf sie und leckte an ihrer bereits geschwollenen Klitoris. Mit den Händen fixierte er ihre Hüften, als sie zuckte, und hielt sie fest, damit er weiter lecken konnte. Er ließ seine Zunge ihre Klitoris erkunden und glitt zwischen ihre Schamlippen, um tiefer zu gelangen.

Aber es war nicht genug. Sie wimmerte und wölbte den Rücken. Er verstand den Hinweis und ersetzte seine Zunge mit Fingern, bevor er weiter an ihrer Klitoris saugte und sie zum Rande des Orgasmus brachte.

Und dann hörte er auf.

»Nein!«

»Ich bin noch nicht fertig.« Er lachte, als er aufstand – ein nasser Gott, der ihren Hinterkopf umfasste und sie für einen Kuss zu sich zog. Sein Schwanz drückte gegen ihren Unterbauch. Hart und bereit.

»Fick mich«, verlangte sie.

»Wie meine Prinzessin befiehlt.«

Er hob ihr Bein erneut zu seiner Taille. Er musste ein wenig tiefer gehen, um mit seinem Schwanz den richtigen Winkel zu finden. Er fand die Stelle und glitt hinein, dick und lang. Er füllte sie, dehnte sie und reichte tief genug, dass sie ihn kratzte. Er hatte kein Problem damit, ihren G-Punkt zu finden und zu treffen. Er rieb tief. Kreiste an der Stelle. Er ließ sie nach Luft schnappen und erschaudern, als er sie wieder an den Rand brachte und dort hielt.

Er hielt sie am Rande der Lust, während sie sich an ihn klammerte.

»Gib es mir«, keuchte sie.

Er grub seine Finger in ihren Hintern, während er härter stieß. Schneller.

Ihr Atem kam in heißen Stößen. Dann atmete sie gar nicht. Sie kam so hart, dass sie sich nicht rühren konnte. Als sie schließlich ausatmete, fing er das Geräusch mit seinem Mund und seine Hüften stießen ein letztes Mal zu, wobei er so tief kam, dass er eine zweite Explosion auslöste.

Als knochenlose Kreatur wäre sie vielleicht in den Abfluss gesaugt worden, wenn er sie nicht hochgehalten hätte.

»Alles gut?«, fragte er leise.

»Mmm.« Das war alles, was sie herausbrachte.

Er lachte. »Gehen wir ins Bett.«

Das klang nach einem hervorragenden Plan, besonders da es bedeutete, dass sie ihn auf den Rücken stoßen und seinen Körper wirklich erkunden konnte. Und ihn dann reiten, bis sie beide schrien.

Schließlich brachen sie zusammen. Für den Moment zufrieden. Glücklich. Zusammen.

Konnte es für immer so sein?

Am nächsten Morgen, bevor sie zu einer Entscheidung gekommen war, brüllte jemand ihren Namen.

KAPITEL DREIUNDZWANZIG

Diesmal waren es nicht Meadow und die anderen, die im Wohnzimmer warteten.

Tante Cicily, die eine beeindruckende Lunge besaß, stand an einem Tisch, der mit Frühstückssachen beladen war. Doch sie war nicht der Grund, warum sich Vals Magen zusammenzog. Oma und Opa saßen auf der Couch, streng und in ihrer Sonntagskleidung, anstatt sich zu Hause auf den Kirchgang vorzubereiten.

Warum waren sie gekommen?

»Ich nehme an, ihr habt einen guten Grund, hier hereinzuplatzen?«, fragte Val.

Tante Cicily schaute an Val vorbei zum Türrahmen in ihrem Rücken und legte den Kopf schief.

Oh. Es ging um Asher.

Ihren Geliebten.

Der Werwolf.

Der ihr den unglaublichsten Sex bescherte.

Und behauptete, dass sie ein episches Band teilten.

Ein Problem, das immer noch in der Provinz lebte und von ihr erwartete, für immer mit ihm zusammen zu sein.

Val mochte Asher. Vielleicht wäre sie auf der Farm sogar eine Zeit lang glücklich. Aber nicht für immer. Val kannte sich selbst. Es würde nicht lange dauern, bis sich Langeweile einstellte. Sie war nicht der glückliche Hausfrauentyp und scheiß auf die Landwirtschaft. Lebensmittelläden gab es für Leute wie sie. Was ihre anderen hauswirtschaftlichen Fähigkeiten anging, war Kochen in ihrem Fall gleichbedeutend mit Verbrennen. Wenn es ums Putzen ging, stellte sie jemanden ein, der ihre Arbeit erledigte.

Und was war mit ihrer Karriere? Val liebte es im Büro der Anwaltskanzlei ihres Onkels. Als Büroleiterin eines Scheidungsanwalts musste sie nicht nur Briefpapier bestellen und dafür sorgen, dass die Telefonrechnung bezahlt wurde. In ihrem Fall führte sie auch Recherchen durch, nahm an Besprechungen teil, um eine weibliche Sichtweise zu gewährleisten, und arbeitete manchmal sogar verdeckt, wenn es um einen Fall ging, bei dem der Ehemann oder die Ehefrau möglicherweise fremdging. Val war jedermanns Typ.

Könnte sie das für Asher aufgeben? Für die Liebe?

Asher musste sich geirrt haben. Er empfand Begierde. Sie auch. Seelenverwandte und für immer ...

Daran glaubte sie nicht. Aber gestern hatte sie auch noch nicht an Werwölfe geglaubt.

»Guten Morgen. Was führt euch hierher?«, fragte sie und ging auf das Buffet zu. Hoffentlich gab es dort Kaffee, der stark genug war, um die nächste Stunde zu überstehen.

»Wer ist der Mann, mit dem du verlobt bist?« Oma war nicht zimperlich.

Val ließ sich mit ihrer Antwort Zeit und schnappte sich ein Stück gebutterten Toast von unter einem Deckel. Es war noch etwas feucht durch den Dampf, der durch die Hitze der Scheiben entstand. Sie biss ein Stück ab und kaute, während sie sich einen Kaffee einschenkte, denn sie wusste, dass ihre verspätete Antwort ihre Großeltern verrückt machte.

Aber es würde auch ihren Großvater stolz machen. Schließlich war er derjenige, der ihr die Kunst beigebracht hatte, Menschen zappeln zu lassen. Sie fragte sich, was der alte Mann wohl von Asher halten würde. Sie hatte das Gefühl, dass sie sich sehr mögen würden.

»Wie ich sehe, konnte Tante Cicily einfach nicht ihre Klappe halten.« Sie warf ihrer liebsten Verwandten neben ihren Großeltern einen funkelnden Blick zu.

Cicily grinste und zuckte mit den Schultern, ohne auch nur ein bisschen Reue zu zeigen.

»Wenn du keine Geheimnisse hättest, würde sie vielleicht nicht aus Versehen ausplaudern«, antwortete Oma schnippisch.

Das veranlasste Val zu einem Schnauben. »Du bist nur sauer, weil ich es dir nicht vor allen anderen gesagt habe.«

»Dein Großvater und ich haben dich praktisch aufgezogen.« Ja, Oma war eingeschnappt.

»Das habt ihr.« Sie hatten es immer wieder versucht, auch wenn ihre Eltern immer wieder versagten. Das machte Val stark. Stark genug, um sich nicht mit Dingen abzufinden, die sie nicht wollte. Zum Beispiel, im Wald zu leben.

»Wer ist er?« Ihre Großmutter machte sich nicht die Mühe, ihren Zorn zu verbergen.

Bevor Val etwas erwidern konnte, tauchte Asher auf, vollständig bekleidet und lächelnd. »Guten Morgen. Sie müssen die berühmten Großeltern sein, von denen ich gehört habe. Es ist mir ein Vergnügen, Sie kennenzulernen, und vielen Dank, dass Sie sich so gut um Val gekümmert haben, als sie noch ein Kind war. Dank Ihrer Bemühungen ist sie eine bemerkenswerte Frau geworden.«

Er entwaffnete ihre Großeltern mit erschreckender Leichtigkeit. Er schaffte es nicht nur, ihren Großvater mit seinem Witz und seinem Selbstvertrauen zu beeindrucken, sondern auch ihre Großmutter so zu bezaubern, dass sie ihm die Hand tätschelte und sogar lächelte.

Unweigerlich wurde es peinlich, als die alte Dame sagen musste: »Ich höre ständig das Wort verlobt, aber wo ist der Ring?«

Val stöhnte fast auf. Sie öffnete den Mund, um zuzugeben, dass sie keinen hatten, als Asher in seine Tasche griff und eine Schachtel herauszog.

»Bei unserer stürmischen Romanze musste ich warten, bis sie mit Meadow beschäftigt war, um einen Ring zu kaufen. Aber zuerst ...« Er wandte sich an ihren Großvater. »Sir, ich weiß, dass Sie mich noch nicht richtig kennengelernt haben, aber Sie können mich gern genauer unter die Lupe nehmen, wenn Sie wollen. Sie werden sehen, dass ich fleißig und loyal bin.«

Es war Tante Cicily, die sagte: »Laut seinen Freunden schickt er fast sein gesamtes Gehalt an seine Mutter, um sie zu unterstützen.«

»Womit nichts für seine Frau übrig bleibt.« Oma warf ihm einen strengen Blick zu.

»Ich würde nie zulassen, dass es Valencia an etwas fehlt«, verteidigte sich Asher.

»Und ich brauche kein Geld von einem Mann«, murrte sie.

»Und sie braucht auch nicht meine Erlaubnis.« Opa schnaubte. »Frag mich also nicht. Ich bin nicht derjenige, der das zu entscheiden hat.«

Daraufhin drehte sich Asher mit einem entwaffnenden Lächeln zu Val um.

Oh nein.

Das tat er nicht.

Er tat es.

Er ließ sich auf ein Knie fallen und sah zu ihr auf. »Ich bin froh, dass deine engste Familie jetzt hier ist.«

»Meadow ist es nicht.«

»Aber Meadow weiß schon Bescheid. Was glaubst du, wer mir geholfen hat, den Ring auszusuchen?«

Er öffnete die Schachtel und zeigte ihr einen Saphir, der in ein zartes Weißgoldband gefasst war. Eine fast perfekte Übereinstimmung mit dem Traumring aus ihrem Hochzeitsalbum.

»Wie?«, flüsterte sie. »Du warst doch nie allein mit Meadow.«

»Sie hat ein Telefon. Ich habe ein paar Läden abgeklappert und ihnen ihre Beschreibung geschildert. Dann habe ich ihr Bilder per SMS geschickt, bis sie mir sagte, dass ich das Richtige gefunden habe. Sie kannte auch die Größe deines Ringfingers.«

Er nahm ihn heraus und hielt ihn in die Höhe.

Ihr Herz pochte.

Aus irgendeinem Grund wurde es dadurch zu real. Er würde sie fragen. Was würde sie sagen?

»Valencia, schon in dem Moment, in dem ich dich getroffen habe, wusste ich, dass du die Richtige für mich bist.«

»Ich habe dich beim ersten Mal zwanzig Minuten lang angeschrien.«

Er grinste. »Weißt du, wie selten eine Frau das tut?«

»Du bist viel zu hübsch für dein eigenes Wohl.«

»Stimmt. Und du bist viel zu sexy. Deshalb sind

wir wie füreinander geschaffen. Heirate mich, Prinzessin. Lass mich für immer dein Wookiee sein.«

Sie keuchte. Zum ersten Mal in ihrem Leben hyperventilierte sie vor Panik. Verpflichtung. Alles aufgeben, was sie kannte. Alles, wofür sie gearbeitet hatte.

Für den richtigen Mann.

Er hielt ihr den Ring hin und sie streckte ihre Hand aus. Er glitt auf, passte perfekt. Ihre Großmutter schniefte. Tante Cicily pfiff. Ihr Großvater, nun ja, er stand auf und räusperte sich.

»Ich nehme an, dass wir bald eine Hochzeitseinladung bekommen werden.« Er half ihrer Großmutter auf.

Val blinzelte sie an. »Das war's? Er macht mir einen Antrag, ich sage Ja und ihr geht?«

Es war Oma, die mit einem wissenden Grinsen sagte: »Du vergisst, dass wir auch mal jung waren. Ich weiß noch, was passiert ist, nachdem dein Großvater mich gefragt hatte.«

Würg.

KAPITEL VIERUNDZWANZIG

Asher war sich sicher, dass Val vor Verlegenheit sterben würde, als sie sich beschwerte. »Argh. Meine Augen. Meine Unschuld.«

»Sei nicht so prüde«, sagte ihre Großmutter.

Cicily lachte laut auf und verschluckte sich, als Oma sagte: »Nachdem Antonio mich gefragt hatte, wurde Cicily gezeugt.«

»Zu viel Info«, schrie Val, als sie ins Schlafzimmer stapfte.

Asher, der zurückblieb, zuckte mit den Schultern. »Sie ist überwältigt.«

»Sie bedeutet uns sehr viel.« Das freundliche Gespräch verdüsterte sich, als Opa seine Stimme senkte und sagte: »Wenn du ihr wehtust, wird deine Leiche niemals gefunden.«

»Ich würde eher sterben, als ihr etwas anzutun.«

»Gut. Du wirst dafür sorgen, dass sie uns regelmäßig besucht«, sagte ihr Großvater ungefragt.

»Natürlich.«

»Sag ihm, dass sie das Hotel für die Hochzeit nutzen müssen«, flüsterte Cicily laut.

»Er wäre ein Idiot, wenn er den Familienrabatt nicht ausnutzen würde«, erklärte ihre Großmutter.

Es dauerte noch ein paar Minuten, bis er sich losreißen konnte, um zu sehen, wohin Val gegangen war. Er fand sie, wie sie Kleidung in ihren Koffer stopfte.

»Deine Großeltern wollen sich verabschieden, bevor sie abreisen.«

»Haben sie dich richtig bedroht?«

»Ich bin ein toter Mann, wenn ich dich nicht glücklich mache.«

Schließlich zuckten ihre Lippen amüsiert. »Ich schätze, du solltest dich besser an die Arbeit machen.«

»Wie meine Prinzessin befiehlt.« Er zwinkerte ihr zu.

Sie verabschiedeten sich von ihrer Familie und als sie die Tür schlossen, seufzte sie und sagte: »Ich bin froh, dass das vorbei ist.«

»Ich auch, denn jetzt können wir feiern.«

»Einen Teufel werden wir tun.«

»Bist du immer noch traumatisiert von dem, was deine Oma gesagt hat? Auch alte Menschen waren einmal jung.«

»Das nicht!«, rief sie und trat an ihn heran. »Du.

Das hier.« Sie starrte auf ihre Hand und den Ring, der an ihrem Finger glitzerte.

»Sieht gut aus.«

»Er ist wunderschön, aber ich bin mir nicht sicher, ob mir das gefällt, was er symbolisiert. Es ist eine andere Art, mich zu beanspruchen.« Sie rümpfte die Nase. »Ich will nicht besessen werden.«

»Als würde ich das auch nur versuchen. Sieh es eher so, dass wir zueinander gehören.«

»Ich bin mir aber immer noch nicht sicher, ob ich dazu bereit bin«, sagte sie leise.

Für eine Frau, die es gewohnt war, die Kontrolle zu haben, musste die Geschwindigkeit, mit der sich ihr Leben veränderte, beängstigend sein. Er nahm sie in seine Arme. »Ich weiß, dass es beängstigend ist. Ich habe auch Angst. Aber wir werden es schaffen. Gemeinsam. Oder ich werde tot sein, und du kannst weiterziehen.«

Ihr Lachen wurde von einem Kuss begleitet. Aber er konnte die unterschwellige Anspannung spüren.

Sie liebten einander. Zweimal. Und für eine Weile ließ die Angst in ihr nach. Doch je näher sie der Farm kamen, desto mehr kehrte sie zurück. Er spürte es durch ihre Verbundenheit, auch wenn es ihm schwerfiel, die Ursache zu erkennen. Das führte dazu, dass er sie fragte: »Was ist der Plan nach der Hochzeit?«

»Hochzeit? Aber wir haben noch nicht einmal über ein Datum gesprochen«, quietschte sie und riss das Lenkrad herum, sodass sie fast in einen flachen Graben fuhren. Die Reifen verfingen sich im Schotter und schleuderten ihn hoch, bevor sie wieder auf die Straße kamen.

»Nicht unsere Hochzeit. Die von Meadow.« Ihre Reaktion ließ ihn wissen, dass sie immer noch mit dem Gedanken kämpfte, dass sie zusammen sein sollten. Mit der Zeit würde sie es aber akzeptieren. Hoffentlich.

»Darüber habe ich noch gar nicht nachgedacht. Irgendwann muss ich zurück in meine Wohnung und mich um meine Arbeit und andere Dinge kümmern. Ich habe eine Menge Möbel und persönliche Gegenstände, die nicht in die Hütte passen. Ich schätze, die können wir einlagern.« Sie verzog die Lippen und er begann, das Problem zu begreifen.

»Wir müssen nicht auf der Farm leben. Wir könnten ein Haus in der Stadt kaufen.«

Sie verzog den Mund, bevor sie sich fing und zu fröhlich sagte: »Bist du sicher? Das ist ein höllischer Arbeitsweg.«

Ach was. Und wahrscheinlich war es auch nicht der richtige Zeitpunkt, ihr zu sagen, dass der Gedanke, nach ein paar adrenalinreichen Tagen wieder auf den Feldern zu schuften, nicht reizvoll war, zumal er merkte, dass sie immer noch nicht mit der Idee einverstanden war, als Teil des Rudels auf der Farm zu leben.

Vielleicht war Kits Forderung, dass er das Festivus Pack beaufsichtigen sollte, gar nicht so schlecht. Zumindest für eine Weile, bis er und Val sich aneinander gewöhnt hatten. Es wäre vielleicht weniger schockierend für sie, die Annehmlichkeiten zu haben, an die sie gewöhnt war.

Bevor er das Thema ansprechen konnte, beugte sie sich vor und ließ ihre Hand über seinen Oberschenkel zu seinem Schritt gleiten. »Willst du testen, wie groß die Rückbank ist?« Ziemlich groß, nachdem sie das Gepäck zur Seite geschoben hatten.

Nach dem Sex wollte er ihr nicht die Laune verderben, indem er darüber sprach, wo sie wohnen würden. Es war noch genügend Zeit, um sich vor der Hochzeit Gedanken zu machen. Sie fuhren den Rest der Strecke und hörten Rocksongs, von denen sie erstaunlich viele Texte kannte. Er kannte sie auch, und sie gaben ein tolles Duo ab. Schade, dass es in einem Umkreis von hundertfünfzig Kilometern keine Karaoke-Kneipen gab.

Die Erinnerung an die Entfernung ließ ihn an seine Schwester, seine Mutter und die neue Nichte denken, die er zurückgelassen hatte. Er vermisste sie bereits. Er hasste es, nicht in der Nähe zu sein, um das kleine Mädchen aufwachsen zu sehen. Aber wenigstens konnte er sie jetzt besuchen. Es ging nur darum, die verrückt lange Fahrt hinter sich zu bringen.

Sie hielten schweigend vor dem Haus der Farm.

Er sah sie an. »Bist du bereit?«

Sie starrte nach vorn und holte tief Luft, bevor sie sagte: »Ja.«

Er hätte mit ihr reden sollen. Er hätte wissen müssen, dass etwas nicht stimmte.

Denn am Morgen waren sie und ihr Geländewagen verschwunden. Auf dem Zettel stand: *Es tut mir leid. Ich kann es nicht tun. Nicht einmal für dich. Val*

KAPITEL FÜNFUNDZWANZIG

Val weinte die meiste Zeit auf der Heimfahrt. Große, rotzige Tränen, die sie hasste.

Ein Teil von ihr wollte umdrehen und zurückfahren. Asher wäre am Boden zerstört. Verdammt, sie war völlig am Ende.

Aber sie wusste, wenn sie zu dieser Farm zurückkehrte, würde es nicht lange dauern, bis sie ausrasten würde. Nicht weil der Ort nicht schön war. Das war er durchaus. Und als Urlaubsort hätte sie ein paar Wochen, vielleicht sogar einen Monat aushalten können. Aber zu wissen, dass es für immer war?

Sie floh.

Sie floh lieber wie ein Feigling in der Nacht, als Asher in die Augen zu sehen und ihm die Wahrheit zu sagen. Denn er war ihre Schwäche. Wenn er sie gefragt hätte, wäre sie geblieben und hätte sie beide unglücklich gemacht und das, was zwischen ihnen gefunkt hatte, getötet.

Du meinst, so wie ich es getötet habe, indem ich ihn abrupt verlassen habe?

Jetzt war es zu spät.

Ihr Haus, tadellos wie immer, innen wie außen gepflegt, wartete am Ende der Sackgasse auf sie. Hinter ihr, hinter dem hinteren Zaun, befand sich Crown Land. Hauptsächlich Wald, der ihr Privatsphäre bot.

Die Garage öffnete sich mit einem Knopfdruck und sie fuhr hinein. Die Tür schloss sich, als sie ihren Kopf auf das Lenkrad stützte, um nicht zu weinen, aber immer noch über die Trennung zu trauern.

Asher war an dieser Stelle schon vor Stunden aufgewacht. Er hatte den Zettel gelesen. Er wusste, dass sie gegangen war.

Sie warf einen Blick auf ihr Handy. Er hatte nicht angerufen. Auch Meadow hatte nicht angerufen, die ebenfalls eine kleine Nachricht erhalten hatte, auf der stand: *Es ist etwas dazwischengekommen. Werde rechtzeitig zur Hochzeit zurück sein.*

Niemand hatte sich bei ihr gemeldet, weil sie nicht in ihre Welt gehörte. Ihr Rudel.

Die Geschichte ihres Lebens. Val war schon immer ein Außenseiter gewesen. Unnahbar, weil Fürsorge zu Enttäuschungen und Verlassenheit führte. So wie damals, als es ausnahmsweise mal gut mit ihrer Mutter lief. Sie kam aus der Reha und versprach, dass alles besser werden würde. Es dauerte sechs Monate. Dann verschwand sie ohne ein Wort.

Mit der Zeit hätte Asher gemerkt, dass sie nichts Besonderes war. Genau wie ihre Eltern hätte er beschlossen, dass sie es nicht wert war, und sie ebenfalls verlassen. Und was dann? Sie wäre allein in der Provinz gewesen und hätte nichts gehabt. Besser, sie war dort, wo sie einen Job und ein Zuhause hatte.

Alleine.

Gut, dass sie ein Mittel gegen die Einsamkeit kannte. Sie hatte gerade die Weinflasche geöffnet, als jemand klopfte.

Sie musterte die Tür. Wahrscheinlich ein Verkäufer. Sie schenkte sich ein Glas ein.

»Ich weiß, dass du da drin bist, Prinzessin.«

Asher?

Aufregung erfüllte sie. Aber auch Angst. Es gab nur zwei Gründe, warum er ihr gefolgt sein konnte. Um den Ring zurückzufordern oder sie anzuschreien, wahrscheinlich beides.

Sei kein Feigling. Sie ballte die Hand zur Faust, als sie die Tür aufriss.

Er stand auf ihrer Türschwelle, gekleidet in einen Ledermantel, Schutzbrille auf dem Kopf, die Jeans formte seine Oberschenkel.

»Was machst du denn hier?« Er sah köstlich sexy aus. Sie musste sich zusammenreißen, um ihn nicht ins Haus zu zerren.

»Was denkst du, was ich hier mache, Prinzessin?«

Sie zog die Mundwinkel nach unten. »Du willst den Ring zurück.«

»Nein, du Närrin. Ich bin hier, weil du hier bist.« Er rollte mit den Augen.

»Wie bist du so schnell hierhergekommen?«

Er trat zur Seite, um ihr das Motorrad zu zeigen, das in ihrer Einfahrt parkte. »Ich bin vielleicht etwas zu schnell gefahren, um sicherzugehen, dass ich dich einhole.«

»Das hättest du dir sparen können.« Sie wandte sich von ihm ab und griff nach ihrem Wein. »Ich werde nicht zurückgehen. Das heißt, ich werde zur Hochzeit kommen, aber das war's. Es tut mir leid, Asher. Du bist mir wichtig. Und zwar sehr. Aber ich sterbe, wenn ich im Wald versteckt leben muss.«

»Finde ich auch. Deshalb ziehe ich auch aus.«

Sie wirbelte herum und blinzelte. »Du ziehst wohin?«

»Hierher.« Sein langsames Grinsen wärmte sie von Kopf bis Fuß. »Mach Platz in deinem Schrank, Prinzessin, denn du wirst ihn teilen müssen.«

Wollte er damit andeuten, was sie dachte? »Aber dein Job, das Rudel ...«

»Es wird auch ohne mich auskommen. Es ist ja nicht so, dass ich tot bin. Ich mache nur mit meiner Gefährtin andere Dinge. Du bist viel wichtiger.«

»Du würdest dein Leben für mich aufgeben?« Ihre Stimme kam im leisesten Flüsterton heraus.

»Ja.«

Sie verzog den Mund. »Ich muss wie eine Zicke wirken, weil ich nicht dasselbe tue.«

Er zog sie an sich. »Du bist eine starke, unabhängige Frau mit einer eigenen Karriere und Familie. Und ich bin einfach ein anpassungsfähiger Typ, der das toll findet und unterstützen will.«

»Wirklich?« Die Hoffnung flatterte.

»Verdammt ja. Und bevor du denkst, ich wäre ein Schnorrer, ich habe schon einen Job.«

»Was? Wie?«

»Sagen wir einfach, es gibt einen neuen Sheriff in der Stadt.«

»Oh, ein Mann des Gesetzes.«

»Der Rudelgesetze«, korrigierte er sie mit einem neckischen Biss in ihre Lippe.

»Was soll das heißen?«, fragte sie und wurde für einen Moment ernst.

»Das heißt, die Mitglieder des Lykosiums haben mir einen Job angeboten. Anscheinend waren sie von den jüngsten Ereignissen ziemlich beunruhigt. Zuerst wollten sie mich nur zum Bewahrer des Festivus Packs machen. Diese Aufgabe hat sich inzwischen erweitert. Jetzt soll ich ihr Abgesandter für Westkanada sein. Ich soll dafür sorgen, dass sich die Rudel in Alberta und den umliegenden Provinzen benehmen.«

»Das klingt, als müsstest du viel reisen.«

»Nicht allzu oft. Vielleicht einmal im Monat für ein paar Tage. Es wäre natürlich besser, wenn ich nicht allein reisen müsste.« Er blickte sie erwartungsvoll an.

Er wollte sie an seiner Seite haben. Er war bereit umzuziehen, damit sie es nicht tun musste. Damit konnte sie ihm zumindest auf halbem Weg entgegenkommen. »Ich mochte schon immer ein bisschen Abenteuer. Mein Cousin Lenny kann uns Angebote für Flüge und Mietwagen machen.«

»Aber kann Lenny das machen?« Er küsste sie innig.

Atemlos.

Und dann tat er noch mehr mit seinem Mund und seinen Händen. Als sie fertig waren, stand ihr Bett am anderen Ende des Zimmers, aber sie lächelte, als sie sich an Asher kuschelte und sagte: »Ich liebe dich.«

Anstatt wie in *Star Wars* zu sagen: »Ich weiß«, stieß er ein passendes Wookiee-Geheul aus.

EPILOG

Die Hochzeit verlief ohne Zwischenfälle.

Meadow strahlte in ihrem weißen Kleid mit der spitzenbestickten Empire-Taille – von der Asher nichts wusste, bis Val sie ihm im Detail erklärte –, als würde sie vor Glück platzen. Rok fühlte sich in seinem Anzug unwohl und zappelte herum, bis die Musik begann und Meadow am Arm ihres Vaters zu ihm ging.

Mr. und Mrs. Fields waren zwei Tage zuvor in einem Wohnmobil angekommen, das einige Mitglieder des Rudels dazu veranlasst hatte, über die Anschaffung von Wohnmobilen zu sprechen, da diese einfacher zu verwalten waren als weitere Gebäude.

Ashers Wohnung war leer, da er alle seine Sachen gepackt hatte und alles, was er brauchte, bereits in Vals Geländewagen verstaut war. Obwohl er den Sprung von der Farm in die Stadt nur aus einer Laune heraus gemacht hatte, um Val zu gefallen, passte er zu seiner Überraschung gut in das Stadtleben und mochte vor allem seine neue Rolle als Vollstrecker des Lykosiums. Er hatte sogar ein Abzeichen, das die örtlichen Rudel-Damen dazu brachte, in seine Richtung zu säuseln. Sollten sie doch. Er hatte nur Augen für eine Frau.

Val stand ihm als Trauzeugin gegenüber und sah mit feuchten Augen zu, wie ihre beste Freundin heiratete. Er und Val hatten sich für den Frühling entschieden, weil Val im Freien heiraten wollte, wenn die Tulpen blühten.

Auf dem Empfang tanzte er langsam mit seiner Verlobten, seiner Gefährtin, seiner Zukunft. Kaum zu glauben, dass er bei ihrer ersten Begegnung Angst gehabt hatte, aber die Zähmung dieses Betas war das Beste, was ihm je passiert war. Denn Liebe war alles.

Ein paar Tage später, nur wenige Schritte vom Haupthaus entfernt ...

Poppy betrat die Hütte, die sie mit ihrem Bruder teilte, mit einer Dose frisch gebackener Kekse, die sie fast fallen ließ, als sie merkte, dass sie nicht allein war.

Sie bemühte sich sehr, nicht zu zittern, als sie quiekte: »Was machen Sie hier?«

Ein Mann saß auf dem Lieblingssessel ihres

Bruders, sein Haar war leuchtend rot im Kontrast zu seinem kalten Blick. »So sehen wir uns wieder.«

»Wohl kaum wieder, da wir beim letzten Mal nicht miteinander gesprochen haben.« Aber sie erinnerte sich, ihn in dem Lagerhaus gesehen zu haben, in dem Asher Val gerettet hatte.

Kit. Kein Nachname. Ein Lykosium-Vollstrecker. Hier in ihrem Haus. Ihre Stimme zitterte nur ganz leicht, als sie fragte: »Was wollen Sie?«

»Ihre Hilfe.«

»Womit?«

Seine Lippen verzogen sich und ihr wurde flau im Magen, als er förmlich schnurrte: »Raten Sie mal, warum das Lykosium gerade Ihre Dienste benötigt.«

»Nein.« Sie schüttelte den Kopf und schlang die Arme um sich, weil ihr plötzlich kalt war. »Ich werde nicht zurückgehen.«

»Dachte ich mir, dass Sie das sagen würden. Das Problem ist, dass Sie keine andere Wahl haben. Ihre Hilfe ist erforderlich.«

Tränen kullerten, als sie flüsterte: »Ich würde lieber sterben.«

»Und scheinbar auch andere verdammen.«

»Ich kann Ihnen nicht helfen.« Sie tat ihr Bestes, um das Zittern zu unterdrücken, das sie überkam, als er sie daran erinnerte, warum sie an den Ort geflohen war, den manche für den Rand der Welt hielten.

»Ich gebe Ihnen Zeit, darüber nachzudenken.« Kit

stand plötzlich auf, zu groß und imposant. Er war kein Freund wie Amarok und die anderen.

»Ich brauche keine Zeit, um zu wissen, dass die Vergangenheit begraben bleiben sollte.« Denn wie Leichen stank sie mit dem Alter nur noch mehr.

Er starrte sie so lange an, dass sie erschauderte. Vor Angst, aber auch vor Erkenntnis. Sein Geruch. Die Weite. Die Stärke.

»Ich komme wieder.« Und mit dieser unheilvollen Aussage ging er weg. Erst dann bemerkte sie, dass er einen schwachen Hauch von Fuchs zurückgelassen hatte.

Und eine Gewissheit, die sie schwer schlucken ließ.

Ich glaube, er könnte mein Gefährte sein.

Es ist an der Zeit, mehr über den geheimnisvollen Kit und unsere verwundete Blume Poppy herauszufinden. Ich frage mich, was für ein wildes, romantisches Abenteuer wir im nächsten Teil der Serie erwarten können! ***Das Feral Pack.***

www.ingramcontent.com/pod-product-compliance
Lightning Source LLC
LaVergne TN
LVHW031538060526
838200LV00056B/4554